張曼娟讀王爾德

原著——王爾德

編譯／導讀——張曼娟

Oscar Wilde

目次

Oscar Wilde

【張曼娟的課外讀物——總序】

誠徵閱讀夥伴

我的童年沒有安親班和夏令營，總覺得每年暑假都很悠長。在蟬鳴聲中醒來，寫完了暑假作業，為紙娃娃設計繪製兩件漂亮的衣服之後，便將家裡那寥寥可數的課外書再讀一遍，其實已經讀過了幾十遍。因為家庭環境並不寬裕，「閒雜書」不是父母計畫以內的支出，那幾本故事書是某個阿姨、叔叔的饋贈，書皮已經破損了，書頁都快散落了，卻仍很寶貴。我一邊閱讀著，一邊等待家住對面的同伴，帶著他們新買的書過來找我。我們會趴在冰涼的磨石子地板上，共享閱讀的美好時光。

念小學的時候，學校並沒有圖書館，卻有許多書箱子，每個星期，會有一個將課外書裝得滿滿的木箱子，送進教室，我們一擁而上，挑選自己喜歡的書，如飢似渴的閱讀，廢寢忘食。因為不可能一人擁有一本書，於是，兩、三位同學會坐在一起，共讀一本書，翻書的同學自有一種節奏，時間掌握得很好。當她翻到新的一頁，我能感覺到心臟卜卜的跳動著，彷彿新的世界在我眼前升起。

讀到恐怖故事時，忍不住擠在一起；讀到有趣的情節，笑得前俯後仰；讀到悲傷的畫面，聽見彼此吸鼻子的哭泣聲音。如果我不是其中的一個孩子，如果我站在不遠處觀看這個情景，應該是一幅令人怦然心動的圖畫吧。

升上國中以後，除了教科書和參考書，其他的書都是雜書，因為「聯考」大敵壓境，全力以赴都不見得能應付，不該浪費時間在「沒有用」的事物上。因此，我常看見同學因為在課堂上偷偷讀課外書被體罰；因為夾帶課外書來學校而被沒收。

其實，青少年對世界和自我的龐大探索正要展開，他們需要各式各樣的閱讀，去拼湊未來人生所需要的一切圖像、聲音與感受；去慢慢形塑一個完整的自己，並建立起與外界溝通和連結的能力。

許多年後，當我成為教師，成為作家，成為推動閱讀者，不斷有家長向我詢問：「該如何為孩子挑選課外讀物？」；「可以推薦課外讀物給我的孩子嗎？」；「世界名著會不會艱澀難懂？」；「孩子該從哪些書開始入門？」這些詢問匯聚而成的聲音是：「讓我的孩子閱讀好看的課外讀物吧。」

於是，在2021年夏天，與麥田出版社合作，我為青少年重新編選了【張曼娟的課外讀物】這套書，精選出美國作家奧．亨利、俄國作家契訶夫、日本作家芥川龍之介、英國作家王爾德共四位世界名家，都是我自己衷心喜愛的。從他們的作品中，選出精采可讀，人物刻劃生動，並帶有啟發性的故事。雖然，四位名家都不是現代人，他們的創作卻具有現代性，甚至是未來性，讀來常有悸動之處，令人低迴不已。

青少年翻閱這套書時，我希望他們能感到世界以暗沉或明亮；直率或詩意；纏繞糾結或是豁然開朗，展現出真實樣貌，當他們伸出心靈之手去觸摸，能感受到溫柔的脈動。

至於我扮演的角色，不只是選書和推薦人，更是和孩子們一起共讀的那個人，輕輕為他們翻開書，在期待中翻到下一頁。因此每本書都有作者介紹、導讀，每一篇都附上「曼娟私語」和「想一想，得到更多」，讓他們感覺到閱讀是有人陪伴的。

看哪，激勵著疫病女孩的最後一片葉子，暗夜風雪中會不會凋落呢？一個社交名媛失去了華服與妝飾，還能享受眾星拱月的虛榮嗎？茂密竹林中發生了命案，誰才是真正的受害者？為了幫助快樂王子解救人民而犧牲的小燕子，僵臥在寒冷中，牠會不會後悔？

故事就要開始了，我們都就定位了，一起來讀一本書吧。作為家長的您，是否也願意坐在孩子的另一邊，當孩子拿起他喜歡的課外讀物時，成為他的閱讀夥伴？

他在溝中看星星

Oscar Wilde

我們都在陰溝裡，
但仍有人仰望星空。
——奧斯卡·王爾德（Oscar Wilde）

一百多年前的王爾德，歷經了真實人性與情感考驗，當他隻身站在晦暗的陰溝時，仰望的可能是活在平行時空中，不曾遭遇苦難、幸福的自己，也是面對所有困境時，代表著希望的星空。

奧斯卡·王爾德（1854 - 1900），

愛爾蘭人，父親是外科醫生，也是書寫民間故事的考古學家，而母親則是愛爾蘭當地著名的詩人、作家。王爾德自幼即受到雙親的文學涵養薰陶，使他對「美」另有見解。當身旁的同學熱衷於戶外運動時，王爾德已著迷於花朵與夕陽的瞬息萬變。

青年時期，王爾德靠著優異的成績獲得獎學金，先後就讀都柏林三一學院以及牛津大學。由於從小就喜愛希臘文學和古典詩，大學期間因為教授和同儕啟發，王爾德開始鑽研寫作。他的作品〈拉芬那〉獲得校內詩作比賽大獎，並裝訂成冊，成為他的第一本個人作品集。

大學畢業後，王爾德原本想繼續往學術界發展，但未受學校聘僱，之後便隨著家人搬遷至倫敦。在倫敦，王爾德鮮明的個人風格漸漸成形，尤其衣著與寫作特立獨行，語出驚人的作風受人矚目，卻也招致不少批評。例如：他常以隨性寬鬆的襯衫搭配黑褲襪出席社交場合。此舉不但違背了倫敦社交界的傳統，王爾德的大膽敢言，也使得穿著合身西裝且談吐優雅的貴族們避之唯恐不及。當王爾德正式出版了著作《詩集》時，他的文采雖然引起英國文壇關注，但有心人士的批評卻多於讚賞，某些雜誌甚至刊登了嘲諷文章。

批評聲浪雖然打擊了王爾德想成為詩人的志向，但他並沒有打退堂鼓，反而創作童話、小說和劇本。他認為，好的作品禁得起時間的考驗，能夠打動不同時空的讀者。《快樂王子及其他故事集》即是他流傳至今的名著，與安徒生及格林童話等齊名。王爾德與時俱進、洞悉人性的寫作手法更奠定了他日後在文壇的地位。當時甫出版便飽受爭議的小說《格雷的畫像》即是代表作，王爾德善用犀利的文字，嘲諷英國社會的封閉與不問世事的虛偽，引來不少人撰文批評，也成功讓作品產生熱烈討論。

至於他的劇本，《無足輕重的女人》、《莎樂美》、《不可兒戲》等作品在英國劇院登場時，演員妙語如珠的對白及精采創新的劇情，雖然不被守

舊的知識分子接受，但已經吸引許多觀眾進戲院觀賞。

當王爾德的創作到達巔峰時，他的人生卻重重的摔至谷底。王爾德和妻子康絲坦斯婚後育有兩個兒子，為了賺取家用，他四處演講、擔任雜誌編輯、寫專欄文章。直到三十七歲，他遇見了從此改變他命運的人——「波西」——阿爾弗雷德．道格拉斯。王爾德著迷於波西的才華與年輕俊美的外表，進而和他發展出親密的情誼。在此之前，作風一向受人議論的王爾德已引來不少批評。當他與波西的關係曝光後，惡意的輿論與撻伐接踵而至；這時，波西的父親昆斯貝理侯爵原本就與波西感情不睦，他決定控訴王爾德違反風俗，來進行對兒子的復仇。由於當時的英國社會無法接受同性情誼，儘管王爾德為自己提出合理的辯護，最後仍被判有罪並入監服刑兩年。

為了保護小孩不受波及，康絲坦斯更改姓氏為霍蘭，並移居義大利。而先前和王爾德往來的眾多藝文人士對此事不聞不問，甚至音訊全無。服刑期間，王爾德寫下了流傳至今的長篇書信集《深淵書簡》給波西。同時，王爾德病重的母親曾想探監，卻遭獄方駁回申請。隨後母親病逝，王爾德見不到母親最後一面，從此天人永隔。

出獄後，王爾德在友人協助下前往法國，以假名梅莫斯在當地生活，並出版詩集《雷丁監獄之歌》。妻子過世後，王爾德仍遊走各國，時而有朋友陪伴，時而隻身一人。1900年，四十六歲的王爾德因腦膜炎病逝，僅有兩位好友陪伴在側。一代天才就此殞落，而我們仍與一百年前的他，仰望著同一片星空……

曼娟導讀

除了天才，並無其他

一直想不起來，多年以前，當我是個怕黑的小女孩，是誰對我講了〈快樂王子〉的故事。可能是寄宿在別人家的時候，某位阿姨或是大姊姊，看見我炯炯發亮的眼睛，沒有一點睡意，就說了這個雕像的故事。說那矗立在全城最高的地方，看見城裡每個悲苦角落的王子金箔雕像，大發慈悲，請託在他腳下避風的小燕子，將自己的藍寶石眼睛；寶劍頂端的紅寶石；渾身的每一寸金箔，都取下來，送給貧窮病苦的人們。

「王子再沒有美麗的雙眼，也沒有金光閃閃的身體，可是，他卻覺得很快樂。他終於明白，可以幫助別人，才是最大的快樂！」故事大概說到這裡，我便翻個身安心的睡去了。

所以，一直沒有聽見後來的情節發展，小燕子擔任王子的使者，一趟一趟的將希望和救濟送給需要的人們，最後，凌厲的風雪與酷寒襲來，牠沒有來得及飛往南方，凍死在王子腳下了。至於像天使一樣幫助別人的王子呢，他在城裡人的眼中，既破舊又醜陋，成為清除的目標，人們把他拉倒，送進了熔爐。

我目瞪口獃的看著故事的結局，原來，是這樣的。多年以前的那時候，如果聽完整個故事，我還能這麼安心的睡著嗎？知道了故事原來如此，人間的事大抵也是如此，我長長的一生，又如何能夠睡得著？

奧斯卡．王爾德是個唯美派作家，當他年輕時雖沒得過任何一個文學獎項，卻已經以他標新立異的服裝與特立獨行的生活方式，引人側目了。當他1881年搭乘亞歷桑納號，去到美國，海關問他有什麼需要申報的，他回答：「除了我的天才，並無其他。」這樣的傲然與自負，就是王爾德的強烈個人風格。

他寫作小說、散文、戲劇與詩，是個全方位創作者，而他最膾炙人口的作品，則是童話。

與〈快樂王子〉齊名的是〈夜鶯與玫瑰〉，貧窮的大學生為了向心儀的女孩示愛，需要一朵鮮豔的紅玫瑰，可是，他偏偏找不到，夜鶯被他的嘆息感動了，覺得這是個「真正的戀人」，牠決定要幫助他找到紅玫瑰，讓他可以得到珍貴的愛情。夜鶯選擇為戀人犧牲奉獻，把自己的胸膛戳進玫瑰棘刺中，用鮮血澆灌它的豔紅，用瀕死的絕美歌聲催開它每一片花瓣，直到吐出最後一口氣。大學生欣喜的用玫瑰向女孩求愛，女孩覺得玫瑰比不上珍珠寶飾，根本不屑一顧。受挫的大學生一手甩落了紅玫瑰，回到書房去用功讀書，從愛情的迷夢中醒來。

夜鶯的犧牲根本就是白費了嗎？像快樂王子一樣？王爾德這個善於諷刺的傢伙，到底想要告訴我們什麼呢？

是一種對於人情世故的細膩觀察與洞悉吧。就像是那引人發噱的〈神奇火箭〉，以為自己是全世界最重要、最了不起的，他喋喋不休的吹噓著，每一句話語中的誇大與自戀，都顯得那麼淺薄，卻把讀者逗得呵呵大笑。看見自矜自誇的人，原來並不需要惱怒的，因為，他們看起來那麼可笑。

〈巨人〉是非常特殊的一篇，有著奇異聖潔的光，孤獨而自私的巨人守著花園，不肯讓孩子們進來嬉戲，於是，他的花園終年冰封，春天止步。直到他遇見一個神奇的小孩，領悟到分享的美好。這世界還能運行，正是因為分享，分享令我們擁有得更豐盛。

〈星星男孩〉是個迷途知返的故事，生來美好的人，總是有著自命不凡的性格，這位王子感知到自己的美麗無與倫比，便也成為一個惡毒的人。所幸，他能獲得指引，找到正確的道路，而許多人可能永遠沒有這樣的機會了。

行事作風與私生活遭人非議的王爾德，只活了四十六歲。他以自己的生命歷程告訴我們，雖然我們都想往上提升，很多時候，卻只是站在溝裡。在泥濘和腐臭之中，有些人不可避免的沉淪了；有些人卻因為抬頭看見滿天裡亮晶晶的星星，而微笑，而有了靈魂的飛行。

快樂王子

Oscar Wilde

快樂王子是尊高聳的雕像，矗立在城市最高大的一根石柱上，居高臨下，看著每一個角落。他全身貼滿了耀眼的金箔，陽光一照，整座雕像閃閃發光；他的眼睛是晶瑩的藍寶石，那熠熠生輝的光芒，像是可以把一切看透；他還佩帶了一支寶劍，劍柄上嵌著一顆碩大的紅寶石，璀璨極了。

城市裡的每個角落，都可以看見快樂王子英挺的模樣，許多官員為了表現自己的藝術品味，就會在公開談話時，稱讚快樂王子的雄偉。

「我們真是幸運的城市，擁有這樣一座美得不得了的雕像。」某位參議員為了表達自己的鑑賞能力，如此說道。但他又怕別人批評他不切實際，於是補充說明：「只不過，這雕像看起來不太實用啊。」

許多媽媽面對自己孩子的無理取鬧，也會拿快樂王子做榜樣，教訓自己的孩子。

「你難道不想當快樂王子嗎？」一個冷靜的媽媽向哭著要月亮的兒子

說：「快樂王子才不會跟自己的爸媽要任何東西呢……」

而沮喪的人最愛看快樂王子的笑臉，那是掛在城市半空中永恆的微笑。

「原來這個世界真的可以有人如此快樂啊……」一位失業的男人凝視著這座雕像，喃喃自語著。

快樂王子更是許多孩子心目中，天使的代表。

「你們看，我們的天使在那裡！」一群剛從教堂走出來的孤兒院孩子，對著快樂王子的雕像開心地笑了。他們身上披著鮮紅的斗篷，胸前掛著乾淨的圍兜。

「你們怎麼知道天使是這個模樣？」他們的老師問道：「有誰見過天使嗎？」

「我們見過，」孩子們說：「我們在夢中跟天使一起跳舞……」

老師對這樣的回答有些為難，因為，他們根本就不贊成小孩子做夢。

有天夜裡，城市飛來了一隻小燕子。他的朋友們早在一個半月前就飛往埃及避冬了，只有他落在隊伍的後面，因為，他談了一場無疾而終的戀愛。

他在早春時節，順著河流追逐一隻大飛蛾，看見了美麗的蘆葦小姐。她正伸展著自己纖細的腰，在河畔跳舞。燕子為她著迷不已，特別停了下來，跟蘆葦小姐搭訕。

「請問，我可以愛妳嗎？」燕子喜歡開門見山的說話，他覺得，能遇上一個讓自己動心的人，實在太不容易了，可別再浪費時間彼此猜疑。

蘆葦小姐不置可否，對燕子彎了彎腰，於是燕子繞著蘆葦飛了一圈又一圈，還用翅膀撫過水面，泛起層層銀色的漣漪。

這是燕子求愛的方式，他要讓對方知道，自己是多麼執迷、多麼深情。其他燕子知道了，全都訕笑不已。河邊有那麼多蘆葦，怎麼分得清誰是自己的戀人呢？況且，蘆葦怎麼跟燕子南下避冬？

於是，秋天的腳步才剛剛到來，燕子們成群結隊飛走了，就留下這隻小燕子，孤零零守著蘆葦小姐。

或許因為孤單作祟，燕子開始挑剔起蘆葦小姐來了。

「妳為什麼都不說話？」燕子問：「妳是真的愛我嗎？如果妳真的愛我，又為什麼要跟風調情呢？他一來，妳就開心擺動著腰……」

「妳還是不說話嗎？」燕子繼續問：「我喜愛旅行，但妳似乎一點也不喜歡，我們之間真的合適嗎？」

「嘿，」燕子再也受不了了。「妳願意跟我一起去南方嗎？」

蘆葦小姐搖了搖頭，她捨不得自己的家，更捨不得這一大群家人啊。

「原來，妳對我不是真心的，」燕子生氣極了：「妳這個大騙子！我再也不會回到妳身邊了！」

話一說完，他就往南飛，飛了一天一夜，來到了這座城市。

但是，今晚他要在哪裡過夜呢？

這時，他看上了快樂王子，那裡視野遼闊，真是個睡覺的好地方。

「今晚，我就在這裡睡個覺，明天再趕路吧。」

他就睡在快樂王子的兩腳之間，半空中的空氣，真是太舒服了。

「哇，我竟然有間黃金砌成的睡房啊。」他滿意極了，把小小的頭藏進翅膀裡，準備入眠了。

但是，突然有顆大大的水珠，滾落在燕子身上。

「不會吧，天上沒有雲，星星又那麼明亮，竟然下起雨來了。」燕子自言自語。「會不會是錯覺？可能是我太想念蘆葦小姐了吧？」

話還沒說完，那斗大的水珠，又落下一滴。

「不行不行，真的是要下雨了，得另外找個煙囪避一避，我可不希望自己全身淋得濕濕的。」

他才剛張開翅膀，第三滴水珠又掉了下來，他抬頭向上望，真是不得了了……

哪是什麼雨滴？那是快樂王子的眼淚啊！快樂王子的雙眼滿溢淚水，淚珠順著他金黃的臉頰滴了下來。燕子看見，王子那張純真無邪的臉，在月光映照中美麗而憂傷。

「你是誰？」燕子問。

「我是快樂王子。」

「快樂王子，你怎麼了？為什麼哭得那麼傷心，把我的身體都打濕了。」

「從前啊從前，我根本就不知道什麼是眼淚……」快樂王子說起了自己的故事：「我住在逍遙自在的皇宮裡，哪裡知道什麼是哀？什麼是愁？白天有一群人伴著我在花園裡玩，晚上我們就在大廳裡跳舞，我只懂得什麼是快樂，根本不知道皇宮的圍牆外面，是怎樣的世界。」

快樂王子又忍不住滴下一滴眼淚。

「因為我只認識快樂，只知道什麼是美好，我的子民們就叫我『快樂王子』，那時候的我，實在太不知道天高地厚了。」王子繼續說：「等到我死了，被立在這個高高的地方，我才知道，皇宮的圍牆外面，才是真實的世界。這世界一點也不美好啊，有貧困潦倒的人們，連吃一頓飯都這麼困難；有醜陋不堪的人們，只知道欺善怕惡……現在的我，雖然心是鉛做的，但每晚看著這樣的世界，還是忍不住要哭……」

「原來，雕像不是鐵石心腸，還是會哭的啊。」燕子在心中對自己說。

「你看你看，」快樂王子的聲音低緩而悅耳，「在城市邊緣的小街上，住著那一戶貧窮人家。這麼晚了，還有一扇窗戶開著，我看見一個女裁縫坐在桌旁，她應該是很累了吧，好瘦好瘦的臉頰，卻還是強打起精神在繡花。你可別以為她在為自己縫衣服啊，那雙粗糙的手，是為皇后最愛的宮女要參加舞會，趕著在一件綢緞衣服上繡花。而房間角落床上躺著的，是她生病的孩子，孩子正在發高燒，好多天沒有吃東西了，媽媽除了餵他幾口水，就什麼東西也沒有了，孩子餓得受不了，只好一直哭鬧。」

快樂王子深情的眼睛，向下凝視著燕子。

「燕子啊燕子，你可以幫我一個忙嗎？」他說：「請你把我劍柄上的紅寶石取下來送給她，讓她可以買東西給孩子吃，替孩子治病。燕子啊，請你幫我這個忙吧，我的雙腳被固定在基座上，動彈不得。」

「但是，我的朋友都在埃及等我，我已經遲到了，」燕子說：「他們早已在尼羅河上飛來飛去，還飛進金字塔裡面去找法老。法老王很神聖的，他就睡在金字塔的彩色棺木裡，被亞麻布包裹成木乃伊，他就要永垂不朽了。」

「燕子啊燕子，」王子的聲音裡充滿請求：「你真的不能多陪我一夜嗎？請你當我的信使，把這顆紅寶石送給他們吧。不然，孩子就會餓死、病死啦……」

「我並不喜歡孩子。去年夏天，我還差點被孩子們扔出的石頭砸死。要不是我飛得快，那磨坊邊的河流，就是我的葬身之地。」燕子看見快樂王子滿臉愁容，他的心意改變了。「好吧，雖然我不喜歡孩子，這裡又太冷，但我願意多陪你一夜，當你的信使。」

「謝謝你，小燕子。」快樂王子開心地笑了。

於是，燕子從王子佩帶的寶劍上，取下那顆碩大的紅寶石，用嘴銜著，飛過城裡一排又一排相連的屋頂，朝城市邊緣飛去。

他飛過教堂的塔頂，和上面白色大理石雕刻的天使打招呼。他飛過皇宮，聽見裡面歌舞昇平的樂音；他還看見一位美麗的姑娘被一個男人摟著，走

上了天台。

「妳看，多美麗的星星啊，」男人對姑娘說：「星星美麗，是因為我們的愛情美麗。」

姑娘盈盈地笑了。

「我希望，我那送去繡花的衣服趕得及舞會，那些繡得滿滿的蓮花多漂亮，到時候，全世界的人都可以看見我們的幸福。」

燕子還飛過河流，看見了高掛在船上的無數燈籠。他終於飛到了那個窮裁縫的家，從窗戶進到屋子裡去。發燒的孩子在床上翻來翻去，媽媽卻已經累得趴在桌上睡著了。

燕子將碩大的紅寶石放在媽媽睡覺的桌子上，他還輕輕地繞著床飛了一圈，用翅膀在孩子的前額搧風。

「為什麼這麼涼爽啊？」孩子在說夢話：「媽媽，一定是我要好起來了。」

然後，燕子回到快樂王子的身邊，告訴他這一切的經過。

「明明是很冷的天氣，我竟然感覺好暖和。」燕子說：「是不是很奇怪？」

「那是因為你做了好事，心裡暖暖的。」快樂王子對他說：「謝謝你，小燕子。」

今晚，小燕子就倚在王子的腳邊睡著了。

清晨時分，他飛去河邊洗澡，被一個鳥類學的權威教授看見了。

「實在是太不可思議了，我們這裡冬天竟然有燕子，這真是值得研究的現象啊！」

為了這樣的發現，教授寫了一篇論文，討論燕子的遷移與氣候的非必然關係，並在當地的報紙上發表。可惜的是，雖然有很多人爭相閱讀，卻因為鳥類學家的文字艱澀難懂，看完之後還是不明所以。

洗過了澡，燕子在城裡做了一回觀光，也和麻雀一起聊聊天，說說自己為什麼這麼晚還沒飛到南方。

「這真是一座不錯的城市，」燕子對他們說：「但我今晚就要飛到埃及去了，我相信那裡會更棒！」

月亮出來的時候，他回到快樂王子身邊，要跟他道別。

「我就要動身了，」他跟快樂王子說：「這裡實在太冷了，我要飛去南方。」

「燕子啊燕子，你願意再陪我多過一夜嗎？」

「我的朋友都在埃及等我了，」燕子回答：「明天，他們就要飛到瀑布邊看河馬在紙莎草叢中過夜。還有每天中午時分，獅子們就會下山到河邊飲水，他們好凶猛啊，咆哮起來比瀑布的怒吼還要響亮。」

「燕子啊燕子，請你看看遠方吧。」王子的聲音還是充滿說服力，「我看見有個年輕男子住在閣樓裡，玻璃杯中插著一束已經乾枯的紫蘿蘭，他的大眼睛裡閃動著熱情與希望的光。他已經趴在桌子上寫了好多天，希望能寫出一個驚天動地的劇本，但是，壁爐裡已經沒有柴火了，他也餓了好多天，臉也白了，唇也裂了，這樣又餓又凍的他，好像再也寫不下去了……」

「我懂了，」燕子確實擁有一顆善良的心。「你要我再陪你過一夜，再替你送一顆紅寶石給他，對不對？」

「嗯，我希望你能幫幫我，」王子說：「但是我再也沒有紅寶石了，我只剩這雙眼睛。這是昂貴的藍寶石做成的，你替我取下一顆送去給他吧，讓他把寶石變賣了，好買些食物和木柴，幫助他完成大作。」

「親愛的王子，我不能這樣做啊。」燕子哭了起來。

「這樣你就看不見了……」

「燕子啊燕子，你就照我的話去做吧，我還有一顆眼睛可以看見人世的痛苦，不是嗎？」

燕子百般不願意，卻也懂得王子的慈悲，他含著眼淚取下王子的一顆眼睛，朝那年輕男子住的閣樓飛去。

當燕子將寶石放在他桌上時，男子正搗著臉苦思下一個劇情。等他抬起頭來，就看見那顆美麗的藍寶石，靜靜躺在紫蘿蘭上，燦燦發光。

「一定是有人欣賞我了，」他尖叫起來。「一定是這樣的，所以他送來這個禮物，我一定要更努力，才不會辜負別人的期望！」

他立刻在紙上振筆疾書，臉上滿是幸福的笑容。

第二天，燕子飛去海港邊看船，水手們很努力地工作著，一只又一只沉重的箱子就這樣被拖出了船艙。

「就是今天，」燕子喊著：「我要飛到埃及了！」

當然，沒有人聽得懂燕子的話，水手們只是繼續努力工作著。

月亮升起的時候，燕子又飛回快樂王子身邊，要向他道別。

「燕子啊燕子，」王子說：「你真的不願意再多陪我一晚嗎？」

「親愛的王子，冬天實在是太冷了，等下雪以後，我要走就來不及了。」燕子說：「我應該要飛去埃及，那裡的陽光會暖和我的身體，我還可以在神廟邊築巢，跟鱷魚和鴿子嬉戲。但是，我的王子，雖然我得離你而去，卻永遠不會把你忘記；明年春天，我會替你帶兩顆寶石回來，紅寶石一定比紅玫瑰更紅，藍寶石也會比大海蔚藍。」

「可是，燕子啊燕子，」快樂王子的聲音好溫柔。「下面的廣場站著一個賣火柴的小女孩，她的火柴都掉進水溝裡，再也不能賣了。但是，她不敢回家，因為她爸爸說，沒賺到錢就不要回來……燕子啊燕子，冬天真的很冷，她又沒穿鞋、也沒穿襪，冷得直發抖啊，你替我取下另一顆眼睛，讓她帶回家，這樣她就不會被爸爸罵了……」

「不不不，」燕子連忙說：「再取下一顆眼睛，你就什麼也看不見了……」

「燕子啊燕子，」王子請求他：「你就照我的話去做吧。」

於是，燕子又含著淚水，取下王子另一顆眼珠，往廣場飛了下去。

燕子把那顆藍寶石放在小女孩的手心裡，女孩高興極了。

「多美麗的一塊玻璃啊，」她往回家的路上跑去，「這樣，爸爸應該不會罵我了吧……」

傷心的燕子飛回王子身邊，輕輕地倚著王子。

「現在，你什麼都看不見了，我要永遠陪著你。」

「不，你應該要去埃及，」王子說：「我會好好照顧自己的。」

「我會一直在這裡陪伴你。」

說完話，燕子就在王子腳邊，瑟縮地睡著了。

第二天開始，燕子就整日坐在王子肩上，跟他說自己這些年來四處旅行的遊歷。他說尼羅河邊捕魚的鳥，他們有著長長的尖嘴；他說沙漠裡的商人，騎著駱駝走很長很遠的路；他說山裡的國王，崇拜的是一顆大水晶；棕櫚樹上的大蟒蛇，由十二個祭司帶著食物來餵飽牠；還有那些奇怪的小矮人，坐在樹葉上橫渡大湖。

「親愛的小燕子，」王子說：「謝謝你跟我說了很多故事，但是，我最想知道的，還是這座城市裡的苦難，請你幫我飛去看一看，好嗎？」

於是，燕子飛了出去，在城市的上空盤旋。

燕子看見，富人們在漂亮的洋樓裡吃肉喝酒、尋歡作樂，而乞丐們卻坐在大門口忍飢挨餓。燕子還看見，兩個孩子在骯髒的街頭挨餓受凍，只想在橋下的洞裡取暖，卻被看守員給趕走。孩子沒有辦法，只好摟著彼此，在雨中蹣跚前行。

燕子都看見了，他一五一十地說給王子聽。

「親愛的燕子，我身上貼滿了金箔，」王子跟燕子說：「請你把它們一片片取下吧，送去給那些需要的窮人，我想，這些金箔能讓他們不再受苦。」

燕子將這些金箔一片片取下了，送去給窮人家。他看見，孩子們的臉上泛起紅暈，他們大叫著：「我們有麵包吃了！」

只是，快樂王子漸漸變得黯淡無光了。

然後，下起了第一場雪，冬天的溫度驟降，街道上四處都是積雪，連走廊邊都結了冰柱，人們也開始在戶外溜冰。

可憐的小燕子愈來愈冷了，但他又不願離開王子，他知道，王子需要他，只好趁麵包師不注意的時候，從麵包店門口弄點麵包屑來吃，再拍著翅膀為自己取暖。

但是，燕子畢竟是無法忍受冬天的，他用盡最後的力氣，飛到王子的肩上，再和他說說話。

「再見了，親愛的王子，」他說：「請讓我親吻你的手，當作道別。」

「太好了，親愛的燕子，你終於要啟程飛往埃及了。」王子說：「你真的在這裡停留了好長的時間。但是，親愛的小燕子，請你親吻我的唇，因為，我愛你。」

「親愛的王子，我要去的地方不是埃及，」燕子喘著氣說：「我要飛去的地方是死亡，因為，我就要從此長眠了……」

他拍振著翅膀，在快樂王子的唇上留下最後的體溫，然後就跌落在王子的腳下，死去了。

就在這個時候，雕像的體內發出了巨大的爆裂聲響，那是王子那顆鉛做的心，它裂成了兩半……

這，真是最冷的一個冬天。

第二天一早，市長由官員們陪同，巡視雕像下面的廣場。

「我的天啊，」市長一抬頭，嚇了一跳。「快樂王子怎麼變成這個模樣，簡直就是破銅爛鐵嘛。」

「對對對，真是醜極了。」官員們異口同聲地附和市長。

大家走向前看個仔細，才發現這個雕像被破壞了。

「那些寶石咧？紅寶石和藍寶石怎麼都不見了？」市長說：「還有他身上的金箔呢？怎麼一個王子變成這副德性，我看根本就像個乞丐。」

「對對對，根本就是個乞丐。」官員們只會同聲附和。

「還有，」市長說：「你們看看，竟然有隻死鳥躺在這裡，這可是我們城市的重要景觀，去去去，去下個命令，從此以後，禁止鳥類死在這裡！」

書記官趕緊把市長的命令記錄下來，頒布成了法令。

「既然他一點都不美麗，也就沒有存在的必要了。」一位研究美學的教授這樣說。

於是，官員們跟市長一致決定，要把這座雕像給推倒。就在這座雕像送到爐子裡熔化之後，他們還開了一場會，來討論如何處理這些金屬。

「我是想說，這裡還是應該要有一座雕像，而最適合的，」市長看了看四周

「當然就是最高行政首長——我！」

「不不不，說什麼也應該是我啊！」

「是我！」

「是我啦！」

所有官員吵個不停，根本無法做成決議，這個會議到現在還在進行中。

但是，鑄像廠裡卻發生了怪事。

「這顆破裂的心，怎麼都熔不掉呢？」工人問工頭。

「那還不簡單，就把它扔了！」工頭說。

就這樣，那顆心被扔去垃圾堆裡，躺在死去的燕子旁邊。

上帝出現了，祂跟天使說：

「請把這座城市裡最珍貴的兩樣東西拿過來。」

天使點了點頭，將那顆破裂的心和死去的燕子捧到上帝面前。

「他們應該在天堂的花園裡好好休息，燕子再也不怕冬天，可以開心歌唱；而我的王子，你從此再也不用看到苦難，可以獲得真正的快樂了。」

曼娟私語

不管是重讀幾遍，我依然好喜歡這個故事，雖然是悲傷的，卻又充滿希望和溫暖。快樂王子的存在，不只是因為他的美好尊貴，而是因為他有一顆無比柔軟慈悲的心，儘管那顆心是鉛做的。他站在城市的制高點，像神一樣的俯視人間。他要的不是人們的讚美崇拜，而是要救助那些受苦的人，使他們過上幸福快樂的日子。

偶爾路過的小燕子，則是個一腔熱血的神隊友，他雖然記掛著要飛往埃及過冬，卻為了快樂王子一再的延誤了啟程時間，最

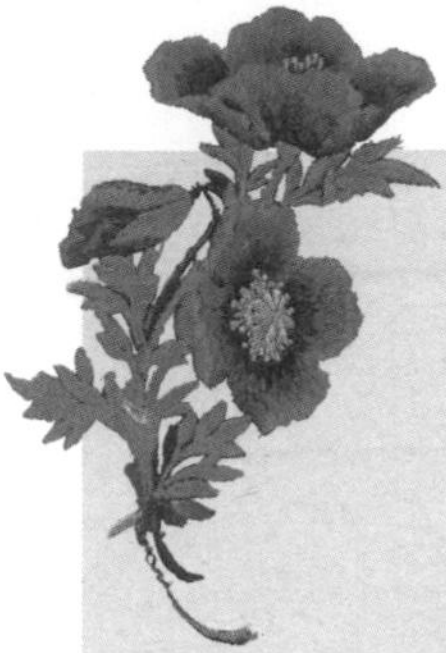

後，他想飛也飛不了，只能凍死在王子的腳下。然而，為王子當信差，將寶石和金箔送給需要的人，卻讓小燕子感到前所未有的快樂。他飛過很多地方，見識過各式各樣的奇景，卻沒有任何時候，像在快樂王子身邊那樣的踏實、有意義。

當燕子啄下王子的眼睛，便決定要永遠陪伴在他身邊了。因為燕子的靈魂已經蛻變，他和快樂王子一樣的高尚慈悲。在天堂裡，必然會有留給他的位子，當然也有快樂王子的位子。

想一想 得到更多

A

你知道為什麼小燕子幫助了別人以後，會全身暖和嗎？

如果你是燕子，明知幫助快樂王子會為自己帶來危險，你會怎樣選擇？為什麼？

B

大雪過後，市長和官員們嫌棄快樂王子成了破銅爛鐵，於是決定將雕像推倒；同時，他們爭著把自己的雕像矗立在廣場上。救助了許多困苦人民的快樂王子被送進熔爐；對人民的苦難無動於衷的官員卻想成為雕像，你覺得作者的對比安排有什麼意義？

巨人

Oscar Wilde

孩子們總喜歡在放學的午后，到這座花園裡玩耍。

這是個可愛的大花園，生長著美麗的鮮花與青草，豐盛得像天上的繁星。草地上生長著十二棵桃樹，一到春天就會綻放碩大的花朵，秋天時則結出累累的果實。每當樹枝上的鳥兒吟唱起愉悅的曲調，玩得起勁的孩子們便會停下來聆聽，然後異口同聲地說：「啊，好快樂啊！」

有一天，一個巨人忽然出現在花園裡。原來，他正是這座花園的主人。這些年來，他到妖怪朋友科尼西家串門子去了，在那裡一待就是七年。當他回到家的時候，一踏進家門，竟然看見了在花園中戲耍的孩子們。他愣住了，孩子們也愣住了，彼此沉默地對看了許久。

半晌，巨人終於開口：「你們是誰？在這兒幹什麼？」他粗聲粗氣地吼叫起來，孩子們全被嚇跑了。

「這是我的花園！」巨人說：「我不准任何人來這裡玩。」

巨人沿著花園築起一堵高高的圍牆，還掛出一塊告示：

閒人莫入，違者重罰。

他是一個非常自私的巨人。

從此，可憐的孩子們失去了玩耍的地方。他們只能來到馬路上，可是街道上總是有飛揚的塵土和石塊，根本就不適合遊戲。放學以後，他們仍常常在花園外高聳的圍牆邊徘徊，想念著裡面的美麗景色。

「以前，在花園裡的我們，多麼快樂啊！」他們遺憾地說。

春天來了，整個鄉村開滿花朵，四處都有小鳥歡唱。然而，不可思議的事情發生了。自私的巨人的花園，竟依舊是一片寒冬的景象。

原來，花園裡的花花草草和小鳥，因為看不見快樂的孩子們，所以也顯

得無精打采。小鳥不想歌唱了，大樹也忘記開花。

有一朵花看見那塊告示牌以後，很同情孩子們的遭遇。於是，她決定把頭縮回去，繼續睡覺了。只有雪和霜，樂於見到這個結果。他們喊叫著：「春天忘記了這座花園！太好了！我們可以一年四季住在這兒了。」

雪用她那碩大的白色斗篷，將草地全部覆壓在下面。至於霜也不遑多讓，將所有的樹木都披上寒冰。接著，他們還邀請冷冽的北風來與他們同住。

北風應邀而至，對著花園呼嘯了一整天，最後把花園城堡上的煙囪帽管也給吹掉了。

「這確實是個令人開心的地方，」北風說：「我們還得把冰雹叫來才是。」

於是，冰雹來了。每天三個鐘頭不停地敲打著花園中那座城堡的房頂，屋頂上的石板瓦片被砸得七零八落。它們最後還圍著花園，像是在操場賽跑似的一圈圈地奔跑著。冰雹跑起來的時候，總是發出令人害怕的寒氣與聲音。

「真不知道為什麼春天還不來？」巨人坐在窗前，望著冰天雪地的花園說：「希望天氣快點轉好啊。」

然而，春天再也沒有出現了，甚至連夏天也不見蹤影。秋天把金色的果實送給了其他的花園，卻什麼也沒給巨人。

「因為他太自私了！」秋天解釋。

就這樣，巨人的花園裡是終年的寒冬，只剩下北風、冰雹，還有霜和雪。

有一個清晨，巨人睜著雙眼躺在床上時，耳邊忽然聽見美妙的音樂。音樂很悅耳，他想，說不定是什麼國王的樂師路經此地呢。他起身張望，發現原來在窗外唱歌的不過是一隻小紅雀，只因為巨人好長一段時間，沒聽到小鳥在花園裡歌唱了，此刻，他才感到這聲音是如此地妙不可言。

就在這時候，巨人頭頂上的冰雹竟然停止下來，北風也不再呼嘯。一陣陣淡淡的花香，清甜的氣息，從窗戶的縫隙緩緩飄來。

「來了！我相信春天終於來到了！」巨人從床上跳起來，朝窗外更遠的地方望去。

他看見孩子們爬過牆上的小洞走進了花園，正坐在樹枝上。每棵樹上都坐著一個孩子。樹木看見久違的孩子們，欣喜若狂，開始用鮮花將自己打扮得煥然一新，揮動著手臂，撫摸孩子們的頭。小鳥翩翩起舞，興奮地唱著歌，

至於花朵也從草地裡伸出頭來展露笑臉。

這真是一幅動人的畫面！巨人心想。

不過，巨人發現在整座花園裡，只有一個角落仍籠罩在嚴冬之中，那是花園中最遠的一個角落，有一個小男孩正孤零零地站在那裡。他的個頭太小，爬不上樹，只能圍著樹轉來轉去，不知所措地哭起來。

那棵可憐的樹仍被霜雪包裹著，北風也還在對它咆哮。

「快上來呀，孩子！」大樹說，並且竭盡所能地垂下樹枝，可是小孩真是太矮小了。

默默注視著這個畫面的巨人，完全被打動了。

「我真是太自私了！」巨人說：「現在我明白，為什麼春天不肯到我這兒來了。我應該要想辦法，將那可憐又可愛的孩子抱上樹，接著要把圍牆給推倒，讓我的花園成為孩子們永遠的快樂天堂。」

巨人真的為自己過去的所作所為感到慚愧。他下樓，悄悄地打開門，走到花園裡。但是孩子們一看見巨人，都嚇得逃走了，花園頓時又恢復成了一片冬天的景致。可只有那個小男孩沒有跑，因為他的眼裡噙滿淚水，沒有看見走過來的巨人。巨人來到小孩的身後，雙手托起孩子，將他放在樹枝上。

一瞬間，大樹綻放出朵朵鮮花，小鳥也慢慢飛回枝頭吟唱。

小男孩伸出雙臂摟著巨人的脖子，親吻巨人的臉。其他孩子看見巨人變得和藹可親了，紛紛跑回來。當然，春天也跟著孩子們回來了。

「孩子們，這是你們的花園了！」巨人說。

接著，他提起一把大斧頭，把圍牆統統砍倒。

小孩子和巨人玩成一片，直到夜幕低垂，孩子們才向巨人道晚安。

「可是，你們的那個小夥伴在哪兒呢？」巨人好奇地問：「就是我抱到樹上的男孩啊？」

巨人最愛那個男孩，因為男孩吻過他。

「我們不知道，我們沒見過他。」孩子們回答。

巨人覺得疑惑，只好說：「如果你們遇到他，請記得告訴他，請他明天來這裡。」可是孩子們告訴巨人，他們真的不認識他，從來沒見過他。巨人聽了以後，悵然若失。

每天下午，孩子們一放學就來找巨人玩。但，巨人最喜愛的小男孩，卻再也沒有出現了。巨人對每一個小孩都非常友善，然而他更想念那個小男孩，總是提起他，常常感嘆道：「只要能見上一面也好。」

許多年過去了，巨人變得年邁而體弱，再無力與孩子們一起遊玩了，只能坐在一把椅子上，觀看孩子們玩耍。他總是看著自己的花園，忍不住說：「我有好多美麗的鮮花，但孩子們才是世界上唯一的，最美的花。」

冬天裡的一個早晨，巨人起床穿衣時，朝窗外看了看。現在，他不討厭冬天，因為他明白這只不過是讓春天歇一歇，也讓花兒們休息一下罷了。

就在這個時候，他驚訝地揉揉眼，看見在花園盡頭的角落裡，有一棵樹上開滿了可愛的小白花，整棵樹的枝條都金光閃閃的，枝頭上還垂掛著銀色的果實。

最重要的是，站在樹下的，竟然是巨人思念已久的小男孩。

巨人激動地跑下樓，朝花園奔去。他急促地越過草地，奔向孩子，來到孩子的面前，臉紅脖子粗地憤憤說道：「誰敢把你弄成這樣？」因為，他看見孩子的一雙小手掌心上竟然留有兩個釘痕，他的一雙小腳上也有兩個釘痕。

「告訴我！是誰這樣傷害你？」巨人吼著：「你快告訴我，我去殺了他！」

「不！」孩子抱住巨人，回答：「這些都是愛的釘痕啊。」

「你是誰？」巨人的心中突然有一種奇特的敬畏之情，在小男孩的面前，他跪了下來。

小男孩面帶笑容地看著巨人說：「你讓我在你的花園中玩過一次。今天我決定帶你去我的花園。那裡正是天堂。」

這一天，孩子們跑進花園的時候，看見巨人躺在那棵樹下，一動也不動了，他的身體覆蓋著朵朵雪白的鮮花。

曼娟私語

擁有一座美麗花園的巨人，其實是在等待救贖的。也許因為他輕易的擁有了許多東西，所以，看不見它們的珍貴。他離開了自己的花園，一走就是七年。然而，當他看見孩子們在花園裡，卻感到自己的權益受到損害，他生氣地對孩子們吼叫：「這是『我的』花園。」他在意的是所有權，不容他人侵犯。

把孩子都趕走了，高高的圍牆也築起來了，當然也將自己囚禁在花園裡。此時的花園，只剩下寒冷的冬天，冰霜雪雨，冷風怒號，沒有一點生機。巨人的花園，應該就是巨人的心靈嗎？將所有人驅逐的結果，便是日復一日的荒蕪與嚴寒。除非，他願意再次敞開心扉。

一個瘦小伶仃的男孩，出現在花園裡，當巨人將他舉抱上樹，他毫不猶豫地親吻了巨人。巨人感到前所未有的柔情與喜悅，小男孩救贖了巨人，讓他願意奉獻自己的花園。

巨人每天都跟孩子們在花園裡遊戲，卻止不住對小男孩的思念，儘管他再也不曾出現。當巨人年老力衰，小男孩再次出現，他的雙腳雙手都有釘痕，巨人心疼得要發瘋了。釘痕，當然是有著宗教的寓意，但是，當巨人問起這傷害從何而來的時候，小男孩回答：「這些都是愛的釘痕。」小男孩是來帶巨人去他的花園，那花園就是天堂。

因為愛，我們變得脆弱；因為愛，我們總會受傷；卻也因為愛，我們成為勇敢堅強的巨人。

想一想 得到更多

A

你認為巨人起初不願意和孩子們分享花園的原因是什麼？後來為什麼又改變主意了呢？你認為分享讓我們擁有什麼？讓我們失去什麼？

B

當巨人孤獨時，花園便被隆冬侵襲，草木不生；願意接納孩子們，則又春回大地，草木欣欣向榮。然而，並不是所有人都需要很多朋友，有些人或許更喜歡獨處。你在獨處時能夠自得其樂嗎？你覺得認識許多朋友是快樂的事嗎？

神奇火箭

Oscar Wilde

全國各地都在準備進行慶典，因為國王的兒子要結婚了。王子結婚的對象是一位俄國公主，這天，她坐著由六隻馴鹿拉著的雪橇從芬蘭趕來。雪橇看起來像隻巨大的金天鵝，公主就坐在翅膀之間。她戴著可愛的帽子，大衣垂到腳跟，皮膚白皙，就像是她所居住的雪宮。她如此的蒼白，以至於當她的雪橇滑過街道時，沿街的人們都驚歎：「就像一朵白玫瑰啊！」大家紛紛從陽台上拋下鮮花。

王子在城門前等著迎接公主的到來。他的一雙眼睛很夢幻，是紫色的，至於頭髮則是閃亮的金黃。王子一看見公主抵達便跪了下來，親吻她的手。

「照片中的妳好漂亮，不過本人更美。」王子說。

美麗的公主聽完他的話，臉一下子就紅了。

「先前她像是一朵白玫瑰，」一個年輕的侍衛對身邊的人說：「如今卻像是一朵紅玫瑰了。」

三天後，舉行了隆重的結婚典禮和國宴，時間長達五個小時。王子和公主坐在大廳的主桌上，用晶瑩剔透的水晶杯飲酒。這款杯子是只有真誠的戀人才能使用的。因為只要虛偽的嘴唇碰到了這杯子，它就會變得灰暗無光。

宴會結束後，舉辦了舞會，王子和公主一塊兒跳舞，國王自願為他們擔任吹笛手。遺憾的是他吹得不太好，但沒人敢誠實以告，因為他可是一國之君。他只會吹兩種調子，而且沒人搞得清楚他到底吹的是哪一種。不過也無所謂，因為不管他吹什麼，大家都會歡呼：「太棒了！太好聽了！」

節目的最後是施放煙火，燃放的時間定在午夜。公主這一生從來沒見過煙火，因此國王下令，皇家煙火手必須親自出席當天的婚禮來施放煙火。

「煙火長得什麼模樣？」

某一天早上，公主在陽台上散步時問王子。

王子還來不及回答，國王就搶著說：「就像北極光，只是更自然。我本

人非常喜歡煙火而不是星星喔，因為啊，妳會很清楚它們什麼時候會現身，它們就如同我吹笛子一樣美妙。妳一定要看看！」

國王總有喜歡替別人回答問題的毛病。

就這樣，皇家花園裡搭起一座大臺子。等到煙火手把一切都準備完畢，煙火們便開始相互交談起來了。

一個小爆竹大聲喊道：「世界真是太美麗了！看看那些鬱金香！如果它

們是真正的爆竹，會更討喜的。我真開心曾經四處旅行過，旅行讓人提高了見識，可以消除一切的偏見。」

「真是個笨爆竹！國王的花園才不是世界！」一枚羅馬燭光彈說：「世界是一個很大的地方，你得花三天時間才能看完。」

一枚深思熟慮的轉輪煙火聽了以後，開口說道：「其實任何地方只要你愛它，它就是你的世界。」她早年曾愛上了一個老舊的杉木箱，並且常以這傷心的經歷為榮。「可惜，愛情不再流行了，詩人們毀了愛情。他們對愛情著墨得太多，讓大家都不再相信了。不過，我並不意外。因為真正的愛情從來就是痛苦而沉默的。浪漫只屬於過去。」

「亂講！」羅馬燭光彈反駁：「浪漫不會消失，就像是月亮一樣永遠活著。也像是今天的王子和公主，他們愛得多麼熱烈啊。我今天早上從一枚棕色爆竹那兒聽來的，他跟我住在同一個抽屜裡面，知道宮中最新的消息。」

「不不不，浪漫已經消失了！消失了！消失了！」轉輪煙火喃喃自語，她相信把同一件事情反覆說上許多次，最後假的也會變成真的。

突然，傳來一陣乾咳聲，大家轉頭張望。聲音來自一個看來傲慢的火箭。他被綁在一根長木杆的頂端。他習慣在發表言論前總要咳上幾聲，引起注意。

「啊咳！啊咳！」他咳嗽著。大家認真地準備聆聽，只有轉輪煙火仍舊搖著頭說：「浪漫已經消失了。」

「安靜！安靜！」一只爆竹大聲說。他是政客型的人物，在選舉中總能獨占鰲頭，深知如何使用政治語言。

「全消失了……」轉輪煙火低聲說道，說完，她就自顧自地去睡覺了。

等到完全安靜下來時，火箭發出第三次咳嗽，並且開始發言。他說起話來緩慢而清晰，像是在背誦著什麼重要的論文一樣，他的眼神遊移在聽眾之間，顯得莊嚴尊貴。

「王子真是幸運啊，他結婚的日子正好是我要升天燃放之際。對他來說也沒有比這更好的了。話說回來，王子總是幸運的。」

「有沒有搞錯啊！」小爆竹說：「我們是為了王子的榮譽而升天燃放的吧。」

「對你來說是這樣的，毋庸置疑。不過，對我而言事情就不一樣了。我是一枚神奇的火箭，出身很了不起。我的母親是那時代最出名的轉輪煙火，以優美的舞姿而出名。只要她一出場，總要旋轉十九次才會飛出去。飛上天時，她會向空中拋撒粉紅的彩星。她的直徑有三英尺半，用最上等的火藥製成。至於我的父親則像我一樣也是火箭，來自法國。他飛得很高，大家都擔心他下不來。當然，他還是下來了，因為他很善良。他變成一陣金色的雨，熠熠發光。全國的報紙都把我父親視為燄火藝術的偉大成就。」

「煙火？我知道！我的匣子上有這幾個字！」一枚孟加拉煙火說。

「我說的是燄火。」火箭語調嚴肅地回答。

孟加拉煙火感到自己受到極大的打擊，決定立刻去欺負其他小爆竹，為的是表明自己依舊是個重要的角色。

火箭繼續說：「我是說——我說的是什麼？」

「你在說你自己。」羅馬燭光彈提醒他。

「喔，對，我知道我在討論一個有趣的話題，結果被人給打斷了。我討厭粗魯的舉止。因為我是個敏感的人。全世界沒有其他人比我更敏感。」

「敏感的人是什麼意思？」爆竹對羅馬燭光彈問。

「一個人因為自己腳上生了雞眼，就總是想踩別人的腳趾頭，那就是敏感的人啦。」羅馬燭光彈說道。

爆竹聽了，差一點笑出聲來。

「請問你笑什麼？我笑不出來。」火箭說。

「我笑是因為我高興。」爆竹回答。

「自私！」火箭生氣地說：「你有什麼權利高興？你應該為別人著想。我的意思是，你應該為我著想。我總是想到我自己，所以我希望別人都會想到我。這就是所謂的同情。這是一種美德，我在這方面的慧根總是很高。比方說，如果今天晚上我發生什麼意外，那麼對每個人來說都是不幸。王子和公主不會再開心了，這將毀掉他們的婚姻生活。至於國王呢，他一定也禁不住打擊。真的，我一想起自己所處的重要地位，幾乎就要感動得淚流滿面了。」

「如果你想帶給別人快樂，那麼你最好不要把自己弄得濕答答的。」羅馬燭光彈說。

「是的，是的。」孟加拉煙火說，他現在的心情好多了：「這是個非常

簡單的常識。」

「沒錯！」火箭憤憤不平地說：「但你忘了，我是很不平凡的，而且非常了不起。任何人如果沒有想像力的話，也該具備常識。然而，我擁有想像力。我從沒有將事物按照它們原有的情況去想。我總是把它們想像成另外一回事。支持我去面對這一生的力量，就是想到自己確實比別人優越得多。你們這些人真沒情感，只會傻笑或開玩笑，彷彿王子和公主沒有舉行完美的婚禮似的。」

一枚小火球說：「怎麼可能？這是多大的喜事呀，我只要一飛到天上去，就會把這一切都講給星星聽。當我描繪起美麗的公主時，你一定會看見星星們在眨眼睛。」

「淺薄的人生觀！」火箭說：「你們胸無大志，淺薄又無知。身體和腦袋都是空的。也許王子和公主會到鄉間的河邊去住；也許他們只有一個兒子，小男孩會跟王子一樣有金髮和紫色眼睛；也許有一天，小男孩會跟保姆一起出去散步；或許保姆會在大樹下睡覺，小男孩也許會掉進河水中給淹死了。多麼可怕的災難啊！他們失去了唯一的兒子！這真是太可怕了！我永遠也無法面對這樣的悲劇。」

「這是你的想像啊！他們並沒有失去他們的獨子呀！根本就沒有任何不幸發生在他們身上。」羅馬燭光彈說。

「我從沒說過他們『會發生』不幸，」火箭回答：「我只是說，他們『可能會』。如果他們已經失去了獨生子，那麼現在談這些事還有什麼意思？我討厭事後反悔的人。不過一想到他們可能會失去獨子，我就覺得非常悲傷。」

「天啊！」孟加拉煙火氣憤地說：「你是我見過最神經兮兮的人。」

「你是我所遇到的最粗俗無禮的人！你無法理解我對王子的關心！」火箭反駁。

「是這樣嗎？你和王子有這麼深的感情嗎？」羅馬燭光彈忍不住的問。

「我從沒說過我認識他！」火箭回答：「如果我認識他，我也不想成為他的朋友。認識太多朋友，是危險的事。」火箭很動情的說。

「說真的，你最好不要哭。別把自己弄濕啦。」火球提醒他。

火箭回答：「我想哭就哭。」

忽然間，火箭還真的哭了起來。淚水像雨一樣滴下來，差一點淹死兩隻正在尋找做窩地點的小甲蟲。

轉輪煙火說：「根本沒有什麼好哭的，他竟然還能哭。我看他真的太多愁善感了。」語畢，她長嘆一口氣，原來又想起了往日的杉木箱子。

不過，羅馬燭光彈和孟加拉煙火卻不善罷甘休，繼續爭執著：「聽他說的都是什麼騙人的話啊。胡說八道！胡說八道！」

這時候，月亮像銀色的盾牌升起，星光閃爍，音樂聲飄散開來。

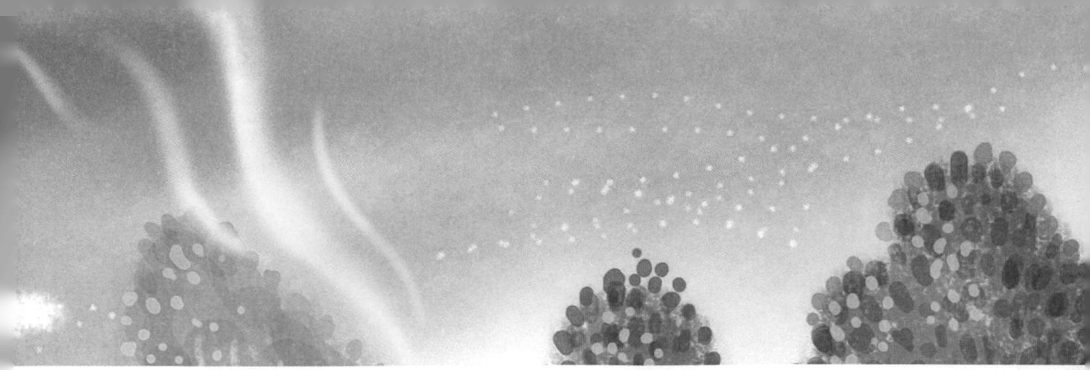

王子和公主正在跳舞。他們跳得很美，連亭亭玉立的蓮花也透過窗戶偷看他們，紅罌粟花頻頻點頭。當午夜十二點的鐘聲敲響時，所有人都來到露天陽台。國王派人去叫皇家煙火手各就各位。

「煙火，開始！」國王大聲宣布。

皇家煙火手鞠躬，邁步走到花園盡頭。他帶了六個助手，每個助手都擎著一根竿子，捆著點燃的火把。

這的確是一場空前盛大的表演。

咻！咻！轉輪煙火飛上天，一邊飛一邊旋轉著。

轟隆！轟隆！羅馬燭光彈也飛上了天。

然後，爆竹們狂舞起來。

接著孟加拉煙火將天空映成一片燦紅。

「再見了！」火球喊了一聲，騰空飛去。

啪啦！啪啦！大爆竹們跟著響起。

他們每一個都表現得很成功，最後，只剩下神奇的火箭了。

他全身濕答答的。怎麼回事？沒錯，他剛才哭了以後，竟然就停不下來了。他渾身哭得濕透了，根本無法升空。他身上最好的東西只有火藥，火藥被淚水弄濕以後，完全無用武之地。他的夥伴們都像盛開的花朵，飛到天空中去了。

「棒！酷啊！」人們歡呼起來。公主也高興地笑起來。

火箭安慰自己：「我想，他們留著我，是為了某個更盛大的慶典時用。一定是這樣的。」他比以前還要驕傲了。

第二天，工人們來清理場地。

「這些人應該是國王派來迎接我的吧，」火箭說：「我得要擺出點派頭給他們看看。」

於是，他擺出威嚴的模樣，皺著眉頭，彷彿在思考什麼哲學性的問題。可是他們根本沒有理他。直到要離開時，其中一個人終於看見了他。

他大喊了一聲：「有一枚爛掉的火箭！」

說完，他便把火箭丟到牆外的陰溝裡去了。

爛掉的火箭？爛火箭？他在空中一邊翻滾著一邊說：「不可能！浪漫的火箭，那個人應該是這麼說的。浪漫跟爛掉如果發音不標準，有可能會聽錯的。一定是我聽錯了。」

接著，他就掉進陰溝裡去了。

「這裡不太舒服，有股難聞的氣味。」他說：「但我想應該是個養生的溫泉吧？他們送我來是為了要我恢復健康。我的神經受到極大的傷害，確實需要休養一下。」

這時，一隻小青蛙朝他游過來。他有一雙明亮的眼睛和一件綠色斑紋的外衣。

「是個新到的！」青蛙說：「畢竟跟爛泥巴不同。我只要能享受雨天跟陰溝就十分幸福了。你覺得下午會下雨嗎？我希望會，但是你看這天空，萬里無雲的，多可惜！」

「啊咳！啊咳！」火箭咳了起來。

「你的聲音真好聽！」青蛙大聲叫：「真像是青蛙的叫聲。這種呱呱聲是世界上最美好的音樂了。今晚，你可以來聽我們合唱團的演出。我們在農夫房子旁的老鴨池中，月亮一出來就開始表演。大家都睜著雙眼，躺著聽我們唱。昨天，我還聽農夫的妻子對農夫說，因為我們的存在，使她整夜都睡不著。受到這麼多人的歡迎，真是太令人高興了。」

「啊咳！」由於連一句話也插不進去，火箭感到十分生氣。

青蛙繼續說：「希望你能到鴨池來。我要去看我的女兒了。我有六個漂亮的女兒，我很擔心梭魚會遇到她們。他是個怪物，會拿她們當早餐的。再見，遇到你，和你聊天我感到心情喜悅。」

「聊天？這種話你也說得出口？」火箭說：「都是你一個人在說，那不叫聊天。」

「總得要有人聽啊，」青蛙回答：「我也喜歡一個人聊天。可以節省時間，避免爭吵。」

「但是我喜歡爭吵！」火箭說。

「我不喜歡，」青蛙得意地說：「爭吵太粗俗。再次告別了，我看見我的女兒在那邊。」說完，小青蛙就游走了。

「真是個討厭的傢伙！」火箭說：「太沒教養了。我討厭人們只顧著談論自己，就像你這樣，要知道別人也想說話，就像我這樣。你這種行徑是自

私！自私最可惡了！特別是對於我這種品性的人來說。我可是以擁有同情心而出名的。你應該以我為學習榜樣，不可能找到比我更好的榜樣了。不過，你還有機會，你最好把握，因為我差不多就要返回宮中去了。我在宮中是個人見人愛的寶貝，事實上，王子和公主在昨天就為了慶祝我的升空而舉辦了婚禮。當然，這些事你一無所知，因為你只是個鄉巴佬。」

「跟他講話沒有任何好處，」一隻蜻蜓開口。他此刻正坐在棕色的香蒲頂上。「沒有任何益處，因為他已經走了。」

「那是他的損失，不是我的，」火箭回答：「我不會因為他不理會我，就停止對他說話。我喜歡聽自己講話，這是我最大的樂趣之一。我常常一個人講一堆話。可是，我太聰明了，所以有時候連我自己講的話也沒聽懂。」

「那你應該去講授哲學。」蜻蜓說完，展開可愛的翅膀飛走了。

「怎麼飛走了？真是個笨蛋！」火箭說：「我保證，不是常有這樣的機會聽到這麼好的言論。不過，我不介意。像我這樣的天才，肯定有一天會受到賞識。」

忽然，有兩個穿著粗布衫的小男孩跑過來。他們拿著水壺，懷裡抱著柴火。

「啊，這肯定是來接我的人了！不會錯，就是這樣。」火箭又努力表現出威嚴的樣子。

「嘿！」其中的一個孩子叫道：「快來看！有一根舊木棍！我不知道它

怎麼會在這兒。」

他把火箭從陰溝裡撿起來。

舊木棍？火箭說：「不可能！金木棍，這才是他說的。金跟舊的發音常會聽錯。喔，我知道了，他把我錯當成王宮中的顯貴了。」

「我們把它撿來生火吧！」另一個孩子說。

於是，他們把柴火堆在一起，把火箭放在最上面，點燃了火。

「太棒了！」火箭大聲叫道：「他們要在大白天將我給燃放，這樣比晚上更好！所有人都能更清楚地看見我了。」

「我們去睡覺吧，」他們說：「睡醒時，水壺的水就會燒開了。」

說完，他們在草地上躺下來，閉上眼睛。

火箭渾身都濕透，花了好長時間才烤乾。最後火苗把他點燃了。

「我就要升空了！」他笑起來，同時把身體挺得筆直。

「我要飛得比星星更高，比月亮高，比太陽高。」

嘶嘶！嘶嘶！嘶嘶！他垂直朝天空中飛去。

「帥啊！」他尖叫起來：「繼續飛吧！看我多麼卓越成功啊！」

遺憾的是，並沒有人看見他。

這時，他感到渾身脹痛與燒灼。

「我就要爆炸了！我要點燃整個世界，我要威震八方！讓所有的人在這一年裡，都只記得現在這光輝的一刻！」

的確，他真的爆炸了。

火藥爆炸了。

千真萬確。

可是，真的沒有人聽見。

就連那兩個小孩也沒有聽見，因為，他們睡得可熟了。最後，他所剩下

的只有木棍了。木棍掉下去，正好落在一隻散步的鵝的背上。

「媽呀！」鵝嚇到叫起來：「怎麼下起棍子雨來了！」

說完，鵝就跳進了河裡去。

「我知道，我創造了奇蹟！」火箭心滿意足地喘息著說。

下一秒，一切就結束了。

火熄滅了。

曼娟私語

這是一個諷刺故事，卻也是少見的，充滿諧趣的敘事風格。我幾乎可以想像，王爾德塑造了這樣一個自命不凡又自吹自擂的火箭，描寫著他與其他煙火的互動時，該有多麼開懷。在我們身邊，總是會有這樣的人物，一直覺得自己很優秀傑出，甚至認為整個世界是繞著他運行的。常常站在世界的中心，呼喊：「我最偉大！」

這樣的人也許是懷才不遇，但他令人難以忍受的卻是歇斯底里。大家都提醒他，千萬不能哭，不能弄濕火藥，否則就無法升

空了。他卻任性的我行我素，想哭就哭，結果，所有的夥伴都順利升空了，只有他成了被丟棄的垃圾。

認不清時勢與處境，是這種人的悲哀。明明已經失敗了，卻還幻想著自己的機會即將到來，把別人對他的嫌棄當成稱讚，自我感覺非常良好。總想成為大家注意的焦點，益發顯現出他的不足。當他遇見像他一樣只想說話，不想聊天的青蛙時，覺得很憤怒，卻全然沒有意識到，他就是自己憎惡的那種人。

終於升空了，在大白天升空的火箭，沒有引起任何人注意，他所以為的偉大，只是如此的微不足道，令人在笑聲中忍不住嘆息了。

想一想 得到更多

A

神奇火箭因為過度自信而錯失了在眾人面前綻放的機會，最後只能在無人知曉的早晨飛上高空默默消失。

你曾經因為過度自信而搞砸事情嗎？最後如何解決？

B

你能分辨自信與自大的不同嗎？應該如何培養自信？並且避免成為一個自大的人？

夜鶯與玫瑰

Oscar Wilde

「是她說的，」一個大學生在花園裡喃喃說著：「她說只要我送她一束紅玫瑰，她就願意與我共舞。」

一隻夜鶯在樹上聽見了，從巢中站挺了身子；她小小的頭從樹叢中露了出來，望向聲音的所在。

「是她說的，她說她喜歡紅玫瑰，只要我捧著紅玫瑰在她面前，她就會答應跟我一起跳舞。」大學生的眼裡，竟然噙著眼淚。「但是，我的花園裡，連一朵紅玫瑰也沒有啊……我沒有紅玫瑰，就沒有與她共舞的機會……難道，我一生的幸福就為了找不到一朵紅玫瑰，而葬送了嗎？」

「終於讓我遇見一個真正的戀人了。」夜鶯對自己說：「我們夜鶯生來就為了歌詠愛情，每個夜晚我唱著愛情的歌，卻從來不知道什麼是愛情……現在，我終於知道了，他就是個真正的戀人。他的頭髮在風中起舞，他的嘴唇是一抹胭紅，是愛情折磨了他，讓他面色慘白，讓他眉頭深鎖……」

「明天晚上就是王子的舞會了，如果我有辦法能送她一朵紅玫瑰，就可以摟著她的腰，在眾人面前翩翩起舞；我會握著她的手，她會倚著我的肩，旁邊的人都會羨慕我啊……」大學生的聲音裡，有著無盡的顫抖。「但是，但是我的花園裡沒有紅玫瑰，我只能孤單無助地坐在一旁，看著她和別的男人跳舞，看著她的歡笑，一切都與我沒有關係了……」

「對，這就是愛情。」夜鶯嘆息的搖搖頭說：「是愛情折磨著他，讓他又快樂又無助。愛情真是一件太奇妙的事了，它既稀少又珍貴，而且沒有人知道它往哪裡來？會到哪裡去……」

「當舞會開始以後，所有的人都會邀她跳舞，因為她是這樣美麗，舞步是那樣輕快。那音樂彷彿是為她而存在的，每一個音符都為了讓她旋轉出更美的姿態。」大學生也嘆息的搖搖頭：「但是，她不會答應我的邀舞，因為，我連一朵紅玫瑰也沒有……」

大學生撲倒在草地上，再也無法抑止地嗚咽哭泣。

「他是怎麼啦？」一隻小蜥蜴經過了他的身邊，高高的尾巴甩了一甩，「怎麼哭成這樣啊？」

「對啊，他是怎麼啦？」一隻蝴蝶恰巧從一脈陽光中穿梭而過。

「是啊，怎麼哭得這樣傷心？」一朵雛菊也輕聲地問著四周的朋友。

「他啊，」夜鶯告訴大家：「他正在為一朵紅玫瑰而哭泣呢。」

「一朵紅玫瑰？」大家都笑了。「不過就是一朵紅玫瑰嘛，怎麼傷心成這個樣子？」

只有夜鶯知道，那不是一朵普通的紅玫瑰，那是一朵真正戀人的紅玫瑰啊！

她想了想，張開了自己的翅膀，飛上了天空。她穿過樹林，飛進了一座花園裡，降落在苗圃中一棵玫瑰樹的枝椏上。

「請妳給我一朵紅玫瑰好嗎？」夜鶯跟玫瑰樹說：「我願意為妳唱一首最美麗的歌啊！」

但是，那棵玫瑰樹搖了搖頭。

「我是一棵白玫瑰樹，開不出妳要的紅玫瑰。」她說：「妳飛去找大鐘旁的那棵玫瑰樹吧，他是我的兄弟，或許可以滿足妳的需求。」

「謝謝妳。」

夜鶯又張開了翅膀，往大鐘旁的玫瑰樹飛去了。

「請你給我一朵紅玫瑰好嗎？」夜鶯跟玫瑰樹說：「我願意為你唱一首

最美麗的歌啊！」

但是，這棵樹也搖搖頭。

「我的玫瑰是黃色的，沒辦法變成紅玫瑰。」他告訴夜鶯：「妳去找大學生窗外的那棵玫瑰樹吧，他是我們的兄弟，或許可以滿足妳的需求。」

「謝謝你。」

夜鶯趕緊飛去找那棵生長在窗下的玫瑰樹，又提出了自己的請求。

「請你給我一朵紅玫瑰好嗎？」夜鶯跟玫瑰樹說：「我願意為你唱一首最美麗的歌啊！」

然而，夜鶯又失望了。這棵樹依然搖搖頭。

「我雖然是一棵紅玫瑰樹，但是寒冬把我的身體凍僵了，積雪把我所有的花苞都壓毀了，北風也把我的枝椏折斷了，今年，我什麼花也開不出來了。」

「我只要一朵花，一朵紅玫瑰花就好，」夜鶯向玫瑰樹請求：「難道一點辦法也沒有嗎？」

「辦法是有，」玫瑰樹回答。「但非常的殘忍，我連想都不敢想，更別提要跟妳說了。」

「沒關係，你告訴我，我什麼都不怕。」夜鶯說。

「妳真的要聽？」玫瑰樹問。

「嗯，請告訴我吧，我真的很需要。」

「如果妳真的要一朵紅玫瑰，」玫瑰樹聲音顫抖地說：「妳必須在有月光的晚上，用妳的歌聲來催化我的花，還要用妳的鮮血來染紅她。妳要把我的刺扎進妳的胸口，為我唱一整晚的歌；而妳的鮮血就會流進我的身體裡，讓一朵紅玫瑰綻放……」

「你是說，要用我的死亡來換取一朵紅玫瑰？這代價未免太大了吧？生命是我最寶貴的禮物，因為有了生命，我才能唱歌，才能坐在樹上看著太陽和月亮的起落，才能聞得見花香，感覺得到晴雨。」但是，夜鶯旋即又想：「不過，愛情確實是更不容易的，她應該比生命更貴重吧？而且，我只是一隻鳥，怎麼比得上人類的愛情高貴呢？」

夜鶯左思右想，又飛回了自己的巢，去看看那個真正的戀人還在不在那裡。

而大學生依然臥在草地上，依然在眼眶旁垂著淚珠。

「嘿，你要快樂一點喔，你就要得到一朵開啟幸福的紅玫瑰了。」夜鶯對他說：「我會用我的歌聲和我的鮮血，為你特製一朵紅玫瑰，但是，請你答應我，一定要做一個真正的戀人，一定要守護你們的愛情。我知道，愛情比生命偉大，愛情可以凌駕一切，只要能成就這樣一樁真正的愛情，我在九泉之下也會微笑了。」

大學生抬起頭來，聽見一隻鳥在樹上唱著歌，他不懂那是夜鶯的祝福；事實上，對於這座花園中的許多聲音，他都是聽不懂的，他只懂得書本上寫的道理，只懂得教授在教室裡教的課。

但是，夜鶯住的這棵橡樹，卻什麼都聽得懂，也什麼都明白。他很喜歡這隻小夜鶯，更喜歡彼此作伴的感覺。而此刻，這一切就要結束了。

「為我再唱一首歌吧，」橡樹對夜鶯說：「妳走了以後，我會很孤單的，我一定會非常想念妳的。」

夜鶯點了點頭，為橡樹唱起了歌。夜鶯的歌聲真美，整座花園都靜了下來，聽著她的啼唱。風靜止了，連雲也忘了飄流。

大學生也抬頭看著唱歌的夜鶯。

「這隻鳥的模樣真好看，唱的歌也還不錯，」他說：「只可惜沒有情感；唱歌只是牠的本能，沒有任何誠意，更沒有任何意涵。牠不會懂得，我們人類願意為別人而唱歌，並且可以在歌聲中傳遞自己所思所想；牠更不會懂得，我們人類願意犧牲自己，去成就一些偉大的志業，所以才會有那些永垂不朽的藝術作品啊。」

大學生走進自己的屋裡，想著心愛的女孩，就這樣迷迷糊糊睡著了。

等月亮爬上了雲端，夜鶯就往紅玫瑰樹飛去了。她依照指示，找了一根最尖利的刺，扎進了自己的胸口。她用胸膛頂著那根刺，就這樣唱了一整晚的歌，連天上的月亮也俯下了身子，諦聽夜鶯歌詠著愛情。那刺愈扎愈深，她身上的血也愈流愈多了……

夜鶯唱起了初初懂得愛情的少男少女，那想愛又不知如何去愛的青澀與等待。玫瑰樹梢竟然就結起一個花苞來，那看起來還是純潔的白色，含羞待放。隨著夜鶯的歌聲一首又一首，花苞漸漸綻放了，花瓣一片又一片翻轉。

這時，玫瑰樹提醒著夜鶯，要把刺再頂進去一些。

「天就要亮啦，再不快點，玫瑰就來不及開放了。」

雖然痛楚，夜鶯卻更用力地將刺頂進胸膛，她的歌聲也就更響亮了。她唱起了一對成年男女心中升起的愛情，那化不開的濃情密意，一往情深。

就這樣，淡淡的紅暈爬上了玫瑰花瓣，就像新郎親吻新娘時，臉上泛起的紅暈一般。只是，玫瑰的心還是純白的，因為只有夜鶯心臟裡的血，才能將花心染紅。

「你要再刺進去一些，」玫瑰樹大聲的提醒夜鶯：「天真的就要亮了，再不快就來不及了。」

於是，夜鶯把刺對準自己的心臟，那種從來沒有過的痛楚充滿了她的全

身，那疼痛愈來愈強烈，夜鶯仍不忘繼續唱著歌。她唱著愛情不被死亡所擊敗，即使死神降臨，相愛的人也會繼續著他們不朽的愛情。

夜鶯心臟裡的血，染紅了整朵玫瑰。那種紅比晚霞還耀眼，比紅寶石還晶瑩，那朵玫瑰怎麼看都不是人間該有的花，實在太美、太豔、太夢幻。

而夜鶯的歌聲也愈來愈虛弱了，她的翅膀開始垂下了，她的眼睛像蒙上了一層霧，她愈來愈沒有力氣了。

當夜鶯唱出最後一首歌，月亮聽

得癡傻了，忘了讓黎明降臨；清風把夜鶯的歌聲帶去遙遠的地方，聽到的萬物都如痴如醉了。而那朵紅玫瑰就在最後的歌聲中理好妝容，綻開了所有的花瓣，迎接一個美麗的早晨。

「快看啊，那朵紅玫瑰長好了，小夜鶯，妳真的做到了。」玫瑰樹叫了起來。

但是，再也沒有人能回答。夜鶯倒在草叢中，嚥下了最後一口氣；而那根長長的刺，還抵著她的胸口，刺穿她的心臟。

中午時分，學生打開了窗戶，看見了花園裡的改變。

「哇，這真是太幸運了，」他開心地大叫起來：「我的花園裡，竟然開出一朵紅玫瑰來。這玫瑰實在太美了，這、這……她一定會答應與我共舞的。」

他小心翼翼地將紅玫瑰摘了下來，穿好衣服，戴好帽子，三步併作兩步地往教授家跑去。

教授的女兒就坐在門口，她正在織一塊藍色的布，心愛的狗狗就倚在她的腳邊。

「妳答應過我，只要有紅玫瑰，妳就會和我共舞。」大學生對她說：「這是一朵全世界最美最豔麗的紅玫瑰，我為妳特別去找來的，請將它別在妳的胸口，當我們今晚跳舞的時候，它會讓全世界的人都知道，我有多麼愛妳。」

只是，少女卻皺起了眉頭。

「我覺得它跟我今晚的衣服不搭，」少女說：「而且，大臣的兒子送了我一些珠寶，要我今晚配戴，他說這樣才能襯托得出我的尊貴。你也知道，大家都愛珠寶，那價值遠勝過一朵紅玫瑰。」

大學生憤怒地說：「妳這個愛慕虛榮的女人！」

他的怒氣燃燒，順手將紅玫瑰扔到大街上，一輛疾馳而過的馬車就這樣碾過了它，紅玫瑰成了街上一朵鮮血。

「你敢罵我？」少女也生氣了：「也不看看自己是什麼樣子？一個窮酸的大學生？比得上大臣的兒子嗎？真是太自不量力了！」

她話還沒說完，就走進自己家裡，將大門狠狠地摔上了。

「愛情是多麼愚蠢的東西啊，它把我狠狠地遮蔽了！它根本就是無聊至極的幻覺，讓人相信一些不切實際、邏輯無法證明的事。這女孩有什麼好？愛情有什麼好？別傻了，別再相信這些太夢幻的事了，回去讀書吧，書中說的，才是真正的道理啊。」

他回到自己的屋子裡，讀起了那本厚重的教科書。

曼娟私語

在這個故事裡，真正感人的愛與奉獻，並不是大學生，而是那隻小小的夜鶯鳥。夜鶯羨慕人類擁有純潔熱烈的愛情，這是她無法擁有的，於是，她想要成全大學生，成全他的愛情與幸福。

我還記得第一次讀到這個故事時，內心的悸動，不求回報的為他人付出，原本就是最高貴的情操。夜鶯為了換取一朵紅玫瑰，不惜犧牲生命，忍受著極大的痛苦，終於催生出全世界最美豔的那一朵紅玫瑰。她付出的這一切，大學生並不知情，只覺得自己運氣好，需要的時候正好就得到了。

當他開心的拿著紅玫瑰去送給心儀的女孩，才發現事情和他想的不一樣，女孩最想要的是珠寶，對於這個窮學生，根本不屑一顧。他的愛情和他的玫瑰一樣，無足輕重。得知真相的大學生，氣得將玫瑰隨意拋擲在街頭，被馬車輾得破碎。讀到這裡，我們都忍不住發出嘆息。

大學生決定從夢幻中醒來，好好做學問，再也不去想愛情這樣無用的事了。真正的戀人是夜鶯，她的歌聲，她的犧牲，才是真正的愛情。

想一想 得到更多

A

你覺得夜鶯用自己的生命，去換取一朵玫瑰花，是值得的嗎？
我們常會希望自己能為朋友做點什麼，但是，我們是否懂得衡量自己有沒有這樣的能力？對方又是否真有這樣的需求？

B

你認為／想像愛情是什麼？是用紅玫瑰去邀請一支舞？或是用珠寶去取悅心儀的人？

星星男孩

Oscar Wilde

兩個窮苦的樵夫正走過一片大松林，趕著往回家的路上走。那是個寒風刺骨的隆冬夜晚。地上和樹枝上全積壓著雪，當他們走過時，樹枝不斷地被霜折斷，來到瀑布時，看見激流結成霜停在空中，因為冰雪之王已經吻過她了。

這一夜實在太冷，就連鳥獸也顯得無可奈何似的。

「噢！」狼一邊叫著，一邊夾著尾巴從灌木林裡蹣跚地走出來，說：「真是倒霉的天氣，政府為什麼不想想辦法呢？」

「年邁的地球已經死了，他們已經用白壽衣把她給收殮了。」梅花雀喳喳地叫著。

「地球要出嫁了，這是她的結婚禮服。」斑鳩們悄悄地說。牠們的小紅腳被凍壞了，但牠們仍覺得有責任用樂觀的態度看待這一切。

「胡說！」狼咆哮著：「告訴你們，這全是政府的錯！如果你們不相信的話，我就吃掉你們。」狼有著務實的性格，永遠都不會找不到好論點。

「在我看來，」啄木鳥說，牠是一個天生的哲學家：「我不喜歡這種說法，太理論式了。如果一件事是什麼樣子，那麼就該是這個樣子，只是現在實在是太冷了。」

的確是冷透了。住在杉樹上的松鼠們摩擦著彼此的鼻子來取暖，而兔子們在自己的洞中縮著身子，不敢伸出頭來張望外面。唯一喜歡這種天氣的大概只有貓頭鷹了。牠們的羽毛被凍得硬邦邦的，但牠們不在意，仍然不停轉動著大眼睛，隔著森林彼此呼喚著：「吐哇特！吐哇特！吐哇特！吐哇特！今天的天氣，多好啊！」

兩個樵夫繼續往前趕路，不停地朝自己的掌心吹熱氣，腳上笨重的靴子在雪塊上拖行著。有一次他們陷進一個雪坑裡，等他們出來時，渾身上下白得就跟磨坊的師傅一樣；另一次他們經過一片沼地，在堅硬光滑的冰上跌倒，身上的柴捆全部散落，他們只好一枝一枝的撿回來，重新捆綁；還有一次他們迷了路，害怕得不得了，因為他們知道，雪對那些睡在她懷中的人是很殘酷的。

不過，他們相信有旅行之神的存在，祂會照顧所有出門的人，於是樵夫決定照著原路退回，小心翼翼的，最後終於回到了森林的入口。發現自己脫離了險境，真是欣喜若狂，高興得大笑起來。然而笑過之後，他們又陷入了憂愁。因為想起了自己的窮困，一位樵夫對他的同伴說：「我們有什麼好高

興的呢？要知道，生活是為有錢人而準備的，不是為我們這樣的窮人。我們還不如凍死在森林中，或者讓什麼野獸給吃掉算了。」

「你說得沒錯，」同伴回答：「有些人享有的太多，但另一些人卻得到的太少了。不公平，已經把世界給瓜分了，除了憂愁之外，沒有一件東西是公平分配的。」

就在他們感嘆著不幸的生活時，有一件神奇的事情發生了。天上忽然掉下一顆明亮的星星。它經過其他星星的身旁，滑落下來。兩個樵夫驚訝地望著，看見星星落在小羊圈旁的柳樹叢裡。

「誰要是找到它，就可以得到黃金！」

他們驚聲尖叫著跑過去。因為他們太想得到黃金了。

其中一個樵夫跑得比較快，超過了同伴。他鑽進柳樹林裡，真的在雪地上看見一個黃金般的東西。他彎下身去觸摸它。它是一件用金線織成的斗篷，上面繡著好多星星。他大聲地對同伴說，自己找到了從天上掉下來的財寶。等同伴走近時，他們就在雪地上坐下來，把斗篷解開，準備把金子拿出來平分。

但是，裡面沒有黃金。

什麼寶物都沒有，只有一個熟睡的孩子。

其中一人對另外一人說：「竟然是這樣一個痛苦的結局！我們的運氣不會好了！一個孩子，對我們會有什麼好處呢？離開這兒吧。要知道，我們都是窮人，都有自己的孩子，我們沒有能力把自己孩子的麵包分給別人。」

他的同伴卻回答：「把孩子丟在這兒，讓他凍死，是件不好的事。雖然我很窮，要養家活口，但我還是要帶他回家。我的妻子會照顧他的。」

他抱起小孩，用斗篷包裹好，就下山回村子裡去了，他的同伴對他的傻氣感到非常驚訝。回到村裡，同伴對他說：「既然你已經有了這個孩子，那麼把斗篷給我吧，應該要平分。」

「不！這斗篷既不是你的，也不是我的，它是這個孩子的。」他與同伴道別，然後回家。

妻子開門看見丈夫平安歸來，伸出雙臂摟住他的脖子，吻著他，並且從他背後取下柴捆，刷去他靴子上的雪，吩咐他快進屋裡。

「等一下，」樵夫仍站在門口，興奮的告訴妻子：「我在森林中找到一樣東西，把他帶回來讓妳照顧。」

「是什麼？」她好奇問道：「快給我看看，家裡空盪盪，我們需要很多東西。」

於是，樵夫把斗篷向後拉開，將熟睡的孩子抱給她看。

「我的天啊！」妻子尖叫起來：「難道我們自己的孩子還不夠多嗎？幹嘛還要帶孩子回家？誰知道他會不會給我們帶來厄運？我們拿什麼來餵

他？」

「他可是一個星星男孩呀！」

樵夫回答，並且把發現孩子的特殊經歷說給她聽。但是，妻子還是怒氣未消。她挖苦他，氣憤地說道：「我們的孩子都沒有麵包吃了，現在還要養別人的孩子？誰又來照顧我們呢？誰又給我們食物吃呢？」

「別這樣，上帝連麻雀都要照顧的，上帝還養牠們呢。」他回答。

「麻雀在冬天不是常常餓死嗎？現在不就是冬天嗎？」

她的丈夫無言以對，只是站在門口不進屋來。

一陣寒風颳來，吹進敞開的房門。妻子發抖了，只好對他說：「你不打算把門關上嗎？寒風一直吹進屋裡，冷死了。」

「鐵石心腸的人，應該是不會覺得寒冷的吧？」樵夫故意說道。

妻子沒回答他，只是朝爐火靠得更近。過了一會兒，妻子轉過身來望著

他，她的眼裡充滿了淚水。他一下子衝了進來，把孩子放在她懷中。妻子看著懷裡可愛的孩子，最終仍是動了惻隱之心。她吻了吻孩子，把他放在一張小床上面，那兒是他們家最小的孩子睡覺的地方。

第二天，樵夫取下珍奇的星星金斗篷，將它放進櫃子中。他的妻子從孩子的脖子上取下一條琥珀項鍊，也放進了櫃子中。

就這樣，星星男孩跟樵夫的孩子一塊兒長大了。他們坐在一起吃飯，一起玩耍。星星男孩一年長得比一年更帥，村子裡的人都為此而感到吃驚，因為別人都是黑皮膚，黑頭髮，只有他一個人長得又白又嫩。星星男孩的頭髮彷彿是水仙花的花環，嘴唇像是花瓣，而雙眼像是河水畔的紫羅蘭，至於身材則恍如田野中尚未有人來收割的水仙。

不過，他的美貌卻給他帶來了厄運。因為他漸漸變得驕傲、殘酷和自私。對於樵夫的兒女和村子裡的其他孩子們，他都瞧不起，認為他們出身低微，而自己是高貴的，是從星星上降落下來的。他認為自己應該是他們的主人，將他們都當作奴隸。他不同情窮人，也不憐憫殘疾，他竟然會朝著他們扔石頭，或把他們趕到公路上去，命令他們到別的地方乞討。

他對於美是相當迷戀的，於是嘲弄孱弱和醜陋的人，打從心底鄙夷他們。當然，他對於自己更是愛得要命，常常裸著身子躺在神父果園中的水井旁，望著自己倒映在水中的臉龐，因為自己的美麗而喜悅起來。

樵夫和妻子經常責備星星男孩：「為什麼你那麼殘酷地對待需要同情的

人呢？我們從來也沒有那樣對待你啊！」

老神父經常去找星星男孩，希望教會他對於事物的愛心。

「飛蠅也是你的弟兄，不要去傷害牠。那些在森林裡的野鳥，有牠們的自由，不要抓住牠們來取樂。上帝創造蛇蜥和鼴鼠，各自都有存在的價值。你並沒有資格給上帝創造的世界帶來痛苦。就連在農田中的牲畜都知道讚美主。」

可惜，星星男孩並不理睬老神父的話。他皺緊眉頭，很不高興的樣子，去找他的夥伴玩了。他的朋友喜歡跟他在一起，因為他長得美，腳步輕盈又會跳舞，還會吹笛子與演奏音樂。不管星星男孩去什麼地方，他們都會跟著，無論星星男孩吩咐他們做什麼，他們都會做。比方說，當他把一根尖蘆葦刺進鼴鼠的眼睛時，所有人都開心大笑；當他用石頭丟痲瘋病人時，大家也跟著大笑。星星男孩聽到大家笑，覺得是一種鼓勵，而且無論星星男孩支配朋友們去做什麼他們都願意，漸漸的都變得跟他一樣的鐵石心腸了。

有一天，一個窮女人經過這個村子。她的衣服很破爛，甚至連鞋子也沒有穿，雙腳被弄得血淋淋的，模樣十分狼狽。因為太疲倦，她就坐在樹下睡著了。

星星男孩看見她，便對同伴們說：「快看！骯髒的討飯女人，竟然坐在美麗的綠樹下！來！我們把她趕走，她真是又醜又煩人。」

於是，他走了過去朝她扔石頭。女人被驚醒，驚恐地望著他。樵夫正在附近的草料場裡砍木頭，看見星星男孩的所作所為，趕緊跑上前來責備他：「你真是太狠了！沒有一點惻隱之心，這女人對你做了什麼壞事，你要如此對待她？」

星星男孩氣得一臉通紅，用腳猛跺著地面，大聲說：「你是什

麼人，敢來問我做什麼？我不是你的兒子，你不要管我，我不會聽的。」

「你說得沒錯，」樵夫回答：「但是，十年前的今天，當我在林中發現你的時候，我對你不也是動了惻隱之心嗎？」

沒想到，當女人聽到這些話後，居然大叫一聲，昏倒在地上了。

樵夫把她抱進自己的家中，請妻子來看顧她。等女人從昏迷中醒過來之後，他們為她準備了食物，可是她不肯吃喝，只是對樵夫說：「你說那個孩子是從森林中找到的嗎？真的是十年前今天的事嗎？」

「是的，就是十年前的今天。」

「發現他時，有什麼記號嗎？脖子上是不是戴了一串琥珀項鍊？身上是不是包了一件繡著星星的金斗篷？」

樵夫驚訝地回答：「對啊！就跟妳說的一模一樣。」

接著，樵夫從櫃子裡拿出放在那兒的金斗篷和琥珀項鍊。

女人一看見這些東西，喜極而泣的說：「他就是我丟失在森林中的小兒子！我求你快叫他來，為了找他，我幾乎走遍了全世界。」

樵夫和妻子趕緊出去叫星星男孩回家，「快進屋裡來！你會在家裡看見你真正的母親，她正等著你。」

星星男孩驚奇地跑向屋子。然而，當他看見等著的竟然是這個女人時，輕蔑地笑起來，刻意的說：「在哪裡啊？我母親在什麼地方？我怎麼只看見一個下賤的討飯女人呢？」

女人回答他：「我正是你的母親。」

「妳瘋了嗎？」星星男孩憤憤地說：「誰是妳的兒子？我不會是一個乞丐的孩子！妳又醜又骯髒，快滾吧，不要讓我再看見妳這張討厭的臉。」

「不，你的確是我的小兒子呀！你是我在森林裡生下來的。」她大聲喊道，跪在地上，對著星星男孩伸出雙手說：「可是你被強盜搶走，又把你扔在森林裡想讓你死。我一看見你就認出你了，我認得那些信物：金斗篷和琥珀項鍊。求求你跟媽媽走吧，我的孩子，我愛你，我需要你。」

然而，星星男孩動也不動。整間屋子只剩下女人痛苦的哭聲。

最後，他終於開口，用生硬而殘酷的口吻說：「假如妳真是我的母親，那麼妳最好還是離我遠一點，別再到這兒來給我丟臉。因為妳知道，我以為我是來自某個美麗星球的孩子，而不是一個乞丐的孩子。所以妳要是真愛我，就離開這兒吧，不要再讓我看見妳。」

女人悲傷的望著他：「難道在我離開之前，你都不願意吻我一下嗎？我經歷了多少苦難才找到了你呀。」

「妳太醜陋了，我寧願去吻毒蛇，去吻蟾蜍，也不吻妳。」

於是，那女人站起身來，哭著走向森林。星星男孩看見她走了，很高興，跑回到他的同伴那裡，準備跟他們繼續玩。可是，當他們看見他跑過來時，紛紛嘲笑他：「你跟蟾蜍一樣醜陋，跟毒蛇一樣可惡啊！哈哈哈！快滾開吧你，因為我們不能忍受和你一起玩。」於是，他們把星星男孩趕出了花園。

星星男孩皺起眉頭，自言自語地說：「胡說！我長得這麼好看，哪可能跟那個醜女人一樣？他們只是嫉妒我的美。我要到水井邊去，水井會告訴我，我有多帥多美！」

他來到了水井邊，朝井中望去。天啊！他揉揉眼睛，嚇一大跳，他的臉就跟蟾蜍一模一樣，身子也像毒蛇一樣醜陋。他太震撼了，整個人摔倒在草地上，痛哭失聲。「這一定是我的罪惡所帶來的報應！因為我不認自己的母親，還趕走了她。我對她太傲慢、太殘酷。一定是這樣的！我必須去找她，向我的母親，也向上天懺悔我的錯！」

樵夫的小女兒對星星男孩始終有好感，她聽見以後朝他走過來，她將手放在他的肩上，對他說：「失去了美貌有什麼關係？你還是跟我們待在一起吧，別離開了。」

「不，我對我的母親太殘忍，這懲罰是給我的報應。我必須馬上離開，去找我的母親，直到找到她，得到她的原諒才行。」

星星男孩於是朝著森林跑去，呼喚他的母親，求她回到自己的身邊來。但是，沒有任何回應。他找了一整天，太陽下山時，他累了，躺在草地上睡覺，小鳥和昆蟲見到他全逃開了，因為牠們還記得他的殘忍。除了蟾蜍和毒蛇，沒有其他的動物願意靠近他。蟾蜍在他身邊靜靜守護著，毒蛇吐著信從他身上緩緩爬過。

早晨，他起身，摘下幾顆樹上的苦莓吃，邊走邊哭，繼續穿越森林。不論他遇到誰，都要上前詢問，是否見過他的母親。

他對鼴鼠說：「你可以鑽到地下，請你告訴我，我的母親在哪兒呢？」

鼴鼠卻回答：「你以前把我的眼睛弄瞎了。我現在又怎麼能看得見呢？」

他看見麻雀，又問道：「你可以飛得很高，看見整個世界。請你告訴我，你能看見我的母親嗎？」

麻雀卻回答他：「你剪掉了我的翅膀，我現在怎麼能飛得起來呢？」

接著，他又遇見一隻孤零零在杉樹上的小松鼠。他開口問：「我的母親在什麼地方？」

小松鼠竟回答：「你已經殺死了我的母親。難道你也想殺死你的母親嗎？」

星星男孩了哭起來，垂頭喪氣，懇求上帝創造的生物們能夠寬恕他。他繼續穿過森林前進，尋找那位討飯的女人，他的母親。

第三天，他走到森林的盡頭，來到平原上。走過村子時，孩子們都嘲笑他，甚至還朝他扔石頭。鄉下人連穀倉都不願讓他睡，因為他看起來好骯髒，覺得他也會將儲藏的穀物給弄髒了。看到他的人們都忙著驅趕他，沒有一個人同情他。

他完全沒有母親的一點消息，就這麼過了三年。三年來，他走遍世界各地尋找，常常感覺到母親就在前面的路上走著，他呼喚她、追趕她，直到雙腳被石子磨出血來，但是，他始終追不上她。所有人都說沒見過這樣的一個女人，或像她那樣的女人，他們都拿他的悲傷當作玩笑。

他走遍全世界，一路上既得不到愛，也得不到關心。然而，他有什麼好抱怨的呢？沒有。因為這個世界，正是他從前得意忘形時自己創造的。

有一天晚上，他來到一座圍牆堅固的城門口。他忍著腳痛，疲憊地準備進城。守衛的士兵們攔住他，粗暴地質問：「你到城裡來幹什麼？」

「我在尋找我的母親，懇求你讓我進城，也許她就在這裡。」

然而，他們卻挖苦他。其中一人，撥弄著自己的黑鬍鬚，放下手中的盾牌，吼道：「你的母親要是看見你這個樣子，一定不會高興的，因為你比沼澤裡的蟾蜍和毒蛇還要噁心。滾開！快滾開！你的母親不會住在這座城裡。」

另一個手上拿著黃旗的士兵說：「誰是你的母親，你為什麼要找她？」

星星男孩回答：「我母親跟我一樣也是個乞丐，我對她很不好。懇求你允許我進去，我要求得她的寬恕。」

但，他們仍不讓他進城，還用長矛去刺他。星星男孩哭著轉身走了。這時，忽然有個人走過來。這個人穿著嵌有金花飾的鎧甲，頭盔上鑲著一頭有翅膀的雄獅。他詢問士兵發生了什麼事情。士兵們回答：「一個要飯的。他說他母親也是個要飯的。不要緊，我們已經把他給趕走了。」

「不要趕他走，」那個人奸笑起來：「把這個醜傢伙當奴隸賣掉，他的身價可以值得上一碗甜酒的價錢吧。」

這時，一個其貌不揚的老年人從旁經過，聽見了以後竟表示願意出價買下他。士兵們聽了莫不歡喜，因為馬上能享用到甜酒了。

老人果然付了錢，然後拉著星星男孩的手，帶著他進城去。他們走到一扇小門前。這扇小門位於樹蔭下一堵牆之上。老人用一個碧玉戒指在小門上按了一下，門忽然打開了。他們走下青銅階梯，來到一座長滿了黑色罌粟花的花園，那裡有很多綠色的陶瓦罐。老人從他的纏頭布上拿下一條手帕，蒙住星星男孩的眼睛，並領著他繼續前行。等到手帕從星星男孩的雙眼上拿掉時，他發現自己在一座地牢中，那裡點著一盞牛角燈。

老人在星星男孩面前，放上一個發了霉的麵包，說：「吃吧！」接著，又用一個盛著鹽水的杯子，要他喝下去。等到星星男孩吃喝完畢，老人走出去，用鐵鍊把門緊緊地鎖上。

第二天，老人來看他。這位老人原來是利比亞魔法師中最能幹的一位，他的法術得自於一位住在尼羅河墳墓裡的大師。老人皺著眉頭對他說：「這個邪教徒城市的城門附近有一座森林，森林裡有三塊金幣。一塊是白金的，另一塊是黃色的，第三塊金幣是紅色的。今天你必須把白金的那塊拿回來。拿不回來的話，我就要抽打你一百下。快去吧，在太陽下山前，我會在花園的門口等著。記住！是拿白金，否則你會倒霉。你可是我買回來的奴隸，花了一碗甜酒的價錢呢！」

他又用那條手帕綁住星星男孩的雙眼，領著他走出房子，穿過罌粟花花園，走上青銅階梯。他用戒指打開了那扇小門後，便把星星男孩放在街上。星星男孩走出城門，來到魔法師告訴他的森林。

從外面看去，這座森林美麗無比，處處都是鳥語花香。星星男孩興奮地

走進去。然而，這座美麗的森林可一點都不友善，因為不論他要去哪裡，地上都會冒出荊棘，阻擋住他的去路，把他刺得疼痛難忍。而且，他從早上找到中午，又從中午找到日落，卻根本找不到魔法師說的那塊白金。日落後，他只好一路哭著回去，因為明白將要遭受到怎樣的責罰了。

就在他走出森林時，聽見了一個痛苦的叫聲。他一下子忘記了自己的煩惱，往聲音的方向跑去。原來是隻小兔子，掉進獵人設下的陷阱裡了。星星男孩見狀，決定拯救牠。

「我自己也只是個奴隸，但願我能還你自由。」星星男孩說。

兔子回答他：「你讓我自由了，可是我拿什麼回報你呢？」

「我在尋找一塊白金，但是找不到。如果不能把它帶回去給主人，他就會打我。」

「跟我來吧！」兔子說：「我帶你去，因為我知道它在什麼地方。而且，為什麼要藏在那兒。」

星星男孩跟兔子一起走。

啊！就在一棵老橡樹的裂縫中，星星男孩看見自己要找的那塊白金。他興奮得不得了，抓住它，對兔子說：「你已經加倍回報我了！我只不過對你做了一點點事情，小小的恩惠，你已經百倍地償還了。」

「沒有沒有，我只是用你對待我的方式回報你。」說完以後，兔子就跑開了。

星星男孩在回家的路上，經過城門時，遇上一個痲瘋病人，他看見星星男孩走來，便苦苦哀求：「給我一個錢幣吧！我快餓死了。他們把我趕出城，沒有人同情我。」

「唉！」星星男孩嘆道：「我的錢包裡只有一個錢幣呀，要是我不把它帶給我的主人，他就會打我。」

痲瘋病人纏著他，懇求他，後來星星男孩終於動了憐憫之心，把白金錢幣給了他。

星星男孩回到魔法師的地窖，魔法師問他：「拿到白金錢幣了嗎？」

「我沒有拿到。」

於是，魔法師朝他撲來，狠狠鞭打，然後把他關進地牢中。

第二天，魔法師又來到他身邊，對他說：「如果你今天不能拿回黃金錢幣，我一定會再抽打你三百下。」

於是，星星男孩又到森林中，但依舊一整天也沒找到。傍晚時，他坐下來，忍不住啜泣。這時候，昨天被他救出來的兔子出現了。

「為什麼哭？你又在找什麼呢？」兔子問。

「我在尋找一塊黃金錢幣，它就藏在森林裡。如果我不能把它帶回去的話，我的主人就會繼續打我。」

「跟我來！」兔子喊著，穿過林子跑向一個水池旁。

金幣就在水池裡。

「我不知道怎麼感謝你？對了，這是你第二次救我了。」

「是你先對我表示了同情啊！」兔子說完，又飛快地跑走。

星星男孩拿到黃金錢幣以後，把它放在錢包中，匆匆趕回去。可是，那個痲瘋病人又出現了。他跑上來，跪倒在星星男孩的面前，哭著說：「你上次給我的錢幣被人搶走了，請再給我一塊錢幣吧，否則我會餓死的。」

星星男孩說：「我只有一塊黃金錢幣，如果我不把它交給主人，他會打我啊！」

痲瘋病人仍舊苦苦哀求，星星男孩又升起了同情心，把黃金錢幣再次給了他。

等他回到魔法師那裡，魔法師又問：「拿到黃金錢幣了嗎？」

「沒有。」

魔法師又朝他撲去，抽打他，繼續將他關進地牢裡。

第三天，魔法師來到他身邊，說道：「如果你今天把那塊紅色的金幣帶回來的話，我會放了你。但，你若是帶不回來，我會把你殺了。」

星星男孩又回到森林中，一整天都在尋覓紅色的金幣，但依舊找不到。晚上，他又無助地哭起來。這時候，小兔子再度現身。

「你要找的紅色金幣，就在你身後的山洞裡。你不用哭了，應該高興才對。」

「我該怎麼報答你？啊，這是你第三次救我了。」

「不不不！你才是第一個同情我的人。」兔子說完，匆匆跑開。

星星男孩取走那塊紅色金幣以後，急忙返城。不幸的是又遇到了痲瘋病人。同樣的戲碼再次上演，最後星星男孩竟然還是將金幣給了他。然而，這時他的心情是沉重的，因為很清楚什麼樣的惡運在等待他。

可是，當他經過城門口時，衛兵們都向他鞠躬行禮，口中說：「我們的王子多漂亮啊！」市民跟著他，高聲歡呼：「全世界的確沒有比他更美好的人了！」

星星男孩卻哭起來，對自己說，他們又嘲笑我了，拿我的不幸尋開心。人愈聚愈多，星星男孩在人群中迷了路，最後發現自己來到了一個巨大的廣場上。這裡是國王的宮殿。王宮的大門打開了，大臣們都出來迎接他，他們對他行禮，說：「您就是我們正在恭候的王子，您就是國王的兒子。」

星星男孩回答：「我才不是什麼王子，我只是一個窮要飯的女人的兒子。你們為何說我帥？我知道自己有多醜。」

這時，那位鎧甲上嵌著金花飾，頭盔上鑲著一頭有翅膀的獅子的人，舉著盾牌大聲說：「我的王子，怎麼能說他自己不帥呢？」

星星男孩從盾牌上看見自己倒映著的模樣。

啊！他的臉竟然又跟從前一樣了！他的帥氣恢復了！而且，他還看到自己的眼中，有一抹從未出現過的東西。

大臣們跪在他面前，說：「古老的預言曾說過，在今天會有一個人要來統治我們。所以，請我們的王子接受王冠和王杖，用您的公正和仁慈來統治我們吧！」

星星男孩卻說：「我不配。因為我連自己的生母都不認。在沒有找到她之前，在沒有得到她寬恕之前，我不會休息的。所以，還是讓我走吧！我要再次走遍世界各地，就算你們把王冠和王杖給我也沒用。」

說完後，他轉過身去，朝著城門的街上走去。

然而，就在擠著的一群人中間，星星男孩看見自己那位討飯的母親，而三次向他討錢的痲瘋病人，就站在旁邊。

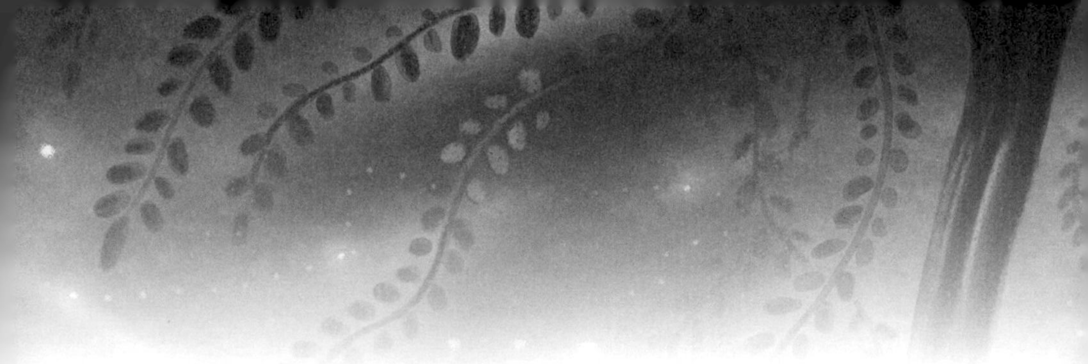

星星男孩突然興奮地叫起來，跑過去，跪下身子，親吻母親的腳，並用自己的淚水洗滌那雙腳。他哭泣著說：「媽，我在得意時沒有認您，現在請您在我卑微時接受我吧！我曾經拒絕您，不肯認您，現在您願意認我這個兒子嗎？」

可是，討飯的女人沉默不語。

星星男孩抓住痲瘋病人的雙腳，對他說：「我對你曾發過三次善心，請你勸勸我的母親吧。」可是，痲瘋病人也保持沉默。

星星男孩哭起來：「媽媽，我已經難以忍受我的痛苦了。饒恕我吧！讓我回到您身邊。」這時，討飯的女人終於把手放在他的頭上，說：「起來吧！」痲瘋病人也將手放在他的頭上，說：「起來吧！」

星星男孩站起身來，望著他們。

啊！原來他們正是國王和王后啊。

「這是你的父親，你曾救過他。」王后說。

「這是你的母親，你用淚水洗過她的雙腳。」國王說。

他們俯身擁抱星星男孩，吻著他，並且將他領進王宮去了。他們給他穿上華麗英挺的衣服，把王冠戴在他的頭上，也將權杖放在他的手中，從此，他統治著坐落於河邊的這座城市，成為了它的主人。

星星男孩對所有人表現出極大的公正和仁慈，趕走了那個邪惡的魔法師，並且送了很多財寶給他的養父母，也就是那位樵夫和妻子，並把無比的榮譽獻給他們的兒女。他不能容忍任何人虐待動物，用愛和仁慈去教育人民；將麵包和衣服送給需要幫助的窮人。

在星星男孩的治理下，這裡呈現出一片和平與繁榮。

曼娟私語

這是一個試煉的故事。

很多人以為，試煉我們的是挫折、艱難和打擊，然而，王爾德告訴我們，對星星男孩來說，他的試煉卻是美好與優越。因為漂亮的外表，聰明的才智，使他目空一切，瞧不起所有人；殘害所有的小動物，就連將他撫養長大的養父母，也得不到他的尊重與感謝。他的迷失，是因為高人一等。

當他鄙視自己的母親，將她趕走，他的世界完全改變了。

如果他珍視自己擁有的一切，不要等到失去才幡然悔悟，又何必忍受那麼多的痛苦與折磨呢？所幸，他失去了引以為傲的各種優勢之後，卻真正的悔改了。他變成了一個善良的人，為了救助他人的不幸，甚至一而再、再而三的犧牲自己。此時的他，就算沒有昔日的美麗與優越，卻更像是一個尊貴的王子。

全國的百姓愛戴他；國王與王后接納他，星星王子終於成為了國王，不是因為他的血統，而是因為他的寬厚與仁慈。

想一想 得到更多

A

你認為變得醜陋的星星男孩決定出發尋找母親時，夜晚睡在荒郊野外，其他的動物都躲得遠遠的，只有蟾蜍和毒蛇在他身邊，是有什麼特別的寓意嗎？

B

因特殊身世而自滿的星星男孩在經歷了苦難後，體會到自己先前是如何讓親生母親難堪，最後承認過錯。你曾經因為態度不好而不經意的傷害他人嗎？你是否能勇於承認自己的過錯？

國家圖書館出版品預行編目資料

張曼娟讀王爾德/王爾德(Oscar Wilde)原著 ; 張曼娟編譯.導讀.
-- 初版. -- 臺北市 : 麥田出版, 城邦文化事業股份有限公司出
版 : 英屬蓋曼群島商家庭傳媒股份有限公司城邦分公司發行,
2021.06 面; 公分. -- (張曼娟的課外讀物 ; 4)
ISBN 978-626-310-015-2(平裝)
1.王爾德(Wilde, Oscar, 1854-1900) 2.英國文學 3.文學評論

873.2 110007580

張曼娟的課外讀物 4

張曼娟讀王爾德

原著作者 王爾德(Oscar Wilde)
編譯導讀 張曼娟
編選協力 楊小瑜
校　　對 李胤霆 高培耘
責任編輯 林秀梅

版　　權 吳玲緯
行　　銷 何維民 吳宇軒 陳欣岑 林欣平
業　　務 李再星 陳紫晴 陳美燕 葉晉源
副總編輯 林秀梅
編輯總監 劉麗真
總 經 理 陳逸瑛
發 行 人 涂玉雲

出　　版 麥田出版
104台北市民生東路二段141號5樓
電話:(886)2-2500-7696 傳真:(886)2-2500-1966、2500-1967
發　　行 英屬蓋曼群島商家庭傳媒股份有限公司城邦分公司
104台北市民生東路二段141號11樓
書虫客服服務專線:(886)2-2500-7718、2500-7719
24小時傳真服務:(886)2-2500-1990、2500-1991
服務時間:週一至週五09:30-12:00・13:30-17:00
郵撥帳號:19863813 戶名:書虫股份有限公司
讀者服務信箱E-mail:service@readingclub.com.tw
麥田部落格:http://ryefield:pixnet.net/blog
麥田出版Facebook:https://www.facebook.com/RyeField.Cite/

香港發行所 城邦(香港)出版集團有限公司
香港灣仔駱克道193號東超商業中心1樓
電話:(852) 2508-6231 傳真:(852) 2578-9337

馬新發行所 城邦(馬新)出版集團【Cite(M)Sdn. Bhd.】
41-3, Jalan Radin Anum, Bandar Baru Sri Petaling,
57000 Kuala Lumpur, Malaysia.
電話:(603) 9056-3833 傳真:(603) 9057-6622
E-mail:cite@cite.com.my

美術設計 謝佳穎
印　　刷 前進彩藝有限公司

初版一刷 2021年7月1日 初版一刷
定價/320元
ISBN 978-626-310-015-2 ISBN 9786263100077 (EPUB)